초콜릿 상자의 비밀

초콜릿 상자의 비밀

발행일	2024년 3월 15일
지은이	스티븐 최 Steven Choi
펴낸이	전명숙
펴낸곳	이야기제국
출판등록	2024년 2월 13일(제505-2024-000003호.)
주소	경상북도 경주시 박실길 63-10
이메일	stevenchoi@schoolmonster.kr
ISBN	979-11-986766-0-3 03810 (종이책)
	979-11-986766-1-0 05810 (전자책)

사랑하는 나에게 줄 수 있는 우주 최고의 선물

초콜릿 상자의 비밀

스티븐 최 장편소설

독자가 현실로 구현해버린 놀라운 이야기

그 무엇도 수용하게 만드는 마법!

이야기제국

"눈앞에 엄청난 보물이 놓여 있어도, 사람들은 절대로 그것을 알아보지 못하네. 왜인 줄 아는가? 사람들이 보물의 존재를 믿지 않기 때문이지."

— 소설 〈연금술사〉 중에서

초콜릿 상자의 비밀

이 소설은 실화를 바탕으로 완성되었다.
이야기에 등장하는 초콜릿 상자를 파는 사람들은
실제로 존재한다.

차례

초콜릿 상자의 비밀

1장

이상한 아이

1

강과 호수로 둘러싸인 작은 도시가 있습니다. 이곳에는 강과 호수가 많아서 다른 고장에 비해 봄이 더 일찍 찾아온다고 사람들은 알고 있습니다. 그래서 도시의 이름을 '스프링시티'라고 부릅니다.

스프링시티의 변두리 부분 강가에는 그림처럼 예쁘게 지어진 초등학교가 하나 있습니다. 도시의 이름과 강이라는 단어를 따서 학교의 이름을 '스프링리버 초등학교'라고 지었습니다.

이 이야기는 겨울이 가까워지는 어느 날 스프링리버 초등학교 3학년 3반 교실에서 시작됩니다.

이 반은 '해리'라는 이름을 가진 선생님이 담임을 맡고 있습니다. 해리 선생님은 30대 중반의 남자 선생님으로 키는 작은 편이지만, 몸집이 아주 다부지게 생겼습니다. 해리 선생님은 스포츠를 매우 좋아하는 분으로 작년에 스프링시티의 작은 예식장에서 사랑하는 여인과 결혼식을 올렸습니다. 그리고 올 초에 예쁜 딸을 얻었습니다. 해리 선생님은 어린아이들을 무척 좋아합니다. 그래서 초등학교 교사가 된 것을 늘 자랑스럽고 행복하다고 말합니다.

해리 선생님은 또 아이들을 무척 배려하는 분입니다. 아이들에게 좀처럼 화를 내지 않고 아이들을 늘 어른처럼 대해 주십니다. 그리고 특정 아이를 편애하지 않고 모든 아이의 마음을 공평하고 세심하게 배려해 주십니다.

그래서 3학년 3반 수업시간은 다른 반에 비해 활기에 차 있습니다. 이 반의 아이들은 질문도 많이 하고 소란도 많이 피웁니다.

이제 곧 겨울이 올 예정입니다. 스프링시티는 다른 지

역에 비해 고도가 높아 겨울이 춥습니다. 해리 선생님은 집의 소중함에 대해 배우고, 따뜻한 겨울을 보내는 방법을 아이들과 함께 연구하기 위해 특별한 수업을 계획해 두었습니다.

종례시간이 되었습니다.

"내일은 집 만들기 놀이를 할 겁니다. 내일 학교에 올 때 각자 큰 상자 하나씩 가지고 오세요."

해리 선생님이 아이들에게 말했습니다.

"선생님, 크기가 얼마면 돼요?"

에이미가 선생님께 물었습니다. 에이미는 맨 앞에 앉아서 제일 먼저 질문하는 것을 즐기는 아이입니다.

"네, 크면 클수록 좋아요."

해리 선생님이 대답했습니다.

"선생님, 그럼… 하늘만큼 땅만큼 커도 돼요?"

이번에는 모리스가 물었습니다. 모리스는 씩씩한 편이라서 아이들과 함께 놀 때 대장 역할을 자주 맡는 아이입니다.

"하하! 모리스, 클수록 좋지만 가지고 올 수 있을 정도여야 해요."

해리 선생님이 대답했습니다.

아이들은 내일 벌어질 즐거운 일을 상상하며 유쾌하게 집으로 돌아갔습니다.

2

다음 날 아침이 되었습니다.

등교를 하는 3학년 3반 아이들의 손에는 커다란 상자가 들려 있었습니다. 몇몇 친구는 가져온 상자가 너무 커서 엄마나 아빠가 들어 교실로 옮겨주었습니다. 어떤 한 친구는 정말로 큰 상자를 가지고 왔습니다. 아빠가 특별히 트럭에 실어 와서는 교실로 옮겨 주었습니다.

3학년 3반 교실은 커다란 종이상자들로 반쯤은 채워졌고 그 상자들 사이로 아이들 얼굴이 조그맣게 보였습니다. 아이들은 각자 가지고 온 상자에 관해 이야기를 나누었습니다. 그리고 누구 상자가 더 큰지 서로 비교해 보기도 했습니다.

수업이 시작되었습니다. 해리 선생님이 아이들 사이를 돌면서 각자 가지고 온 준비물을 확인했습니다.

"에이미는 정말 예쁜 상자를 가져왔구나. 어디서 이런 예쁜 상자를 구했을까?"

해리 선생님이 에이미가 가져온 분홍색 상자를 한 손으로 들어보며 말했습니다.

"어제 오후에 엄마랑 같이 만들었어요."

에이미가 대답하자 해리 선생님이 말했습니다.

"미술 작품처럼 예쁜걸!"

해리 선생님이 에이미가 가져온 상자를 내려놓고는 모리스 앞에 섰습니다. 모리스 옆에는 상자가 없었습니다.

"모리스가 가져온 상자는 어디에 있니?"

"저기 뒤에 있는 커다란 상자가 제가 가져온 상자입니다."

모리스가 교실 뒤쪽을 손으로 가리키며 말했습니다. 교실 뒤쪽에는 아이들 서너 명이 들어갈 수 있을 정도로 큰 상자가 있었습니다.

"와우! 모리스는 정말 큰 상자를 가져왔구나. 이렇게 큰 걸 어떻게 가져 왔을까?"

해리 선생님이 교실 뒤쪽으로 가서 모리스가 가져온 상자를 양팔로 들어보려고 낑낑댔습니다.

"깔깔깔…."

해리 선생님의 우스꽝스러운 몸짓을 본 아이들의 웃음소리가 교실을 꽉 채웠습니다.

"아빠가 트럭으로 실어다 날라 주셨어요."

모리스가 웃음을 멈추고는 의기양양하게 대답했습니다.

"이렇게까지 큰 상자일 필요는 없는데… 아무튼, 아빠께서 고생하셨구나."

해리 선생님이 모리스의 아빠에게 죄송한 듯 어색한 표정을 지으며 말했습니다.

해리 선생님은 다른 아이들이 가져온 상자도 계속 확인하기 위해 자리를 옮겼습니다. 그러다 바바라의 자리에서 멈춰 섰습니다. 바바라는 1년 전에 외국에서 전학온 친구입니다. 아직 이곳의 학교생활에 완전히 적응을 못하고 있었습니다.

바바라가 안절부절 불안해하며 앉아 있었습니다.

"바바라는 상자를 어디에 두었니?"

"저⋯."

바바라가 망설이는 사이 로이가 말했습니다.

"선생님, 바바라는 상자를 안 가지고 왔대요."

로이는 거침없이 말하고 나서기를 좋아하는 친구입니다.

"그래? 바바라가 일부러 안 가지고 왔을 리는 없고⋯ 바바라가 못 가져온 이유가 있겠지?"

해리 선생님이 바바라를 향해 미소를 지으며 말했습니다.

"선생님⋯ 실은 상자를 가져오려고 했는데, 너무 커서 가져올 수가 없었어요."

"그랬구나!"

"너무 커서 혼자 들 수도 없었고, 아빠 차에 실을 수도 없었어요."

해리 선생님은 바바라가 즉흥적으로 거짓말을 하고 있을 수도 있다는 생각을 했습니다. 바바라는 물론이고 바바라의 부모님도 외국인이기 때문에 언어소통에 문제가 있었습니다. 해리 선생님은 바바라의 입장이 충분히 이해가 되었습니다.

"괜찮다, 바바라. 걱정하지 마라. 선생님이 따로 하나 마련해줄 테니까…."

"고맙습니다, 선생님!"

바바라가 안도의 한숨을 쉬고는 아이들을 향해 손가락으로 승리의 사인을 보냈습니다.

해리 선생님이 다른 아이들의 과제물을 확인하기 위해 계속 이동하셨습니다. 그러다 이번에는 저스틴의 자리 앞에서 멈추셨습니다. 그런데 저스틴의 자리에도 상자가 없었습니다.

"저스틴도 준비물을 안 가져 왔구나!"

해리 선생님이 미간을 살짝 찌푸리며 저스틴에게 말했습니다.

지금 등장하는 저스틴이 이 이야기의 주인공입니다. 저스틴은 또래 아이들보다 생각이 많은 편입니다. 그래서인지 반대로 행동은 느린 편입니다. 혼자서 공상하는 것을 좋아하고 가끔 엉뚱한 질문을 하는 아이입니다.

좀처럼 화를 내지 않는 해리 선생님이 오늘은 저스틴에게 미간을 찌푸린 이유가 있습니다. 저스틴이 딴생각을 하다가 선생님 말씀을 못 들은 적이 이전에도 여러 번 있었기 때문이었습니다. 해리 선생님은 이번에도 저스틴이 그랬을 거라고 예상했습니다.

저스틴은 고개를 들어 해리 선생님의 얼굴을 쳐다보았습니다. 저스틴의 얼굴에는 당황하는 기색이 없었습니다. 해리 선생님은 저스틴이 과제물이 있다는 것을 모르는 상태는 아니라는 것을 알아차렸습니다. 저스틴이 뭔가 말을 하려는 순간이었습니다.

"선생님, 저스틴도 상자를 안 가져 왔대요."

뒷좌석에 앉은 로이가 이번에도 대신 대답을 했습니다. 어리둥절한 저스틴이 로이를 보려고 뒤를 돌아보려고 할 때 해리 선생님이 말했습니다.

"저스틴도 상자가 너무 커서 못 가져 왔니?"

"아뇨, 선생님. 가지고 왔습니다."

저스틴의 대답에는 불안함이 없었습니다.

"그럼, 어디에 있는지 보여 주겠니?"

이렇게 말하면서 해리 선생님이 저스틴에게 살짝 미소를 지어 보였습니다. 해리 선생님의 얼굴을 보면서 저스틴이 자리에서 일어섰습니다. 해리 선생님은 저스틴이 상자가 있는 곳을 가리키기 위해 일어선 줄로 알았습니다.

"아! 저스틴도 상자를 교실 뒤쪽에 두었구나."

해리 선생님이 이렇게 말하며 교실 뒤쪽을 둘러보았습니다. 그때 저스틴이 말했습니다.

"아뇨, 선생님. 바지 주머니에 있습니다."

저스틴이 일어선 이유는 바지 주머니에서 뭔가를 쉽게 꺼내기 위해서였습니다. 저스틴은 입고 있는 청바지 앞 오른쪽 호주머니에 손을 집어넣었습니다. 그리고 잠시 후에 주먹을 쥔 오른손을 살며시 빼내었습니다.

해리 선생님과 아이들은 영문을 몰라 어리둥절한 표정으로 저스틴을 보고 있었습니다. 그때 나서기를 좋아하는 로이가 이번에도 기회를 놓치지 않고 말했습니다.

"엉? 뭐야? 저스틴! 너 지금 선생님 앞에서 장난치는 거니?"

해리 선생님은 저스틴에 대해 이전에도 몇 번 어리둥절했던 기억이 있습니다.

한번은 국어 시간에 저스틴이 갑자기 도화지를 꺼내서 이상한 그림을 그리기 시작했습니다. 해리 선생님은 수업에 집중하라고 주의를 주었지만 저스틴은 선생님의 말씀을 듣는 둥 마는 둥 하며 수업시간 내내 그림을 그렸습니다. 해리 선생님이 나중에 보니 그 그림은 아주 복잡해서 이해하기 어려웠습니다. 저스틴에게 물어보니 그림의 내용은 새로 개발한 보드게임이라고 말했습니다.

또 한번은 사회 시간에 있었습니다. 수업 중간부터 저스틴이 눈을 감고 있었습니다. 해리 선생님은 저스틴이 졸고 있는 것으로 생각했지만 자세히 보니 조는 것은 아니었습니다. 저스틴은 뭔가 골똘하게 생각하고 있었습니다. 해리 선생님은 저스틴에게 아무 말도 하지 않고 수업을 마쳤습니다.

해리 선생님이 생각하기에 저스틴에게 있는 가장 심각한 문제는 수업시간이나 종례 시간에 여러 번 강조한 내용을 혼자 모르고 지나치는 경우가 있다는 점입니다. 이런 것들은 아마도 예고 없이 깊은 생각에 잠기는 저스틴의 습관 때문일 거라고 해리 선생님은 이해하고 있었습니다.

몇 명의 아이들이 궁금해서 저스틴의 자리로 몰려왔습니다.

"선생님, 저스틴이 마술하려는가 봐요!"

모리스가 해리 선생님을 보며 말했습니다.

"뭐? 마술?"

어떤 아이가 이렇게 소리치자 더 많은 아이들이 저스틴의 자리로 몰려들었습니다. 저스틴은 계속 주먹을 쥐고 있었습니다.

"저스틴, 주먹을 펴 보겠니?"

해리 선생님도 궁금한 듯 말했습니다.

저스틴은 정말 마술사가 마술하는 것처럼 천천히 주먹 쥔 손을 뒤집었습니다. 고사리 같은 다섯 개의 작은 손가락이 나타났습니다. 저스틴은 손가락에 힘을 주며 더 꽉 주먹을 쥐었습니다. 주먹 안에 도저히 상자 같은 물건이 있을 것 같지는 않았습니다.

모두의 궁금증을 즐기기라도 하는 듯 저스틴은 한동안 손가락을 펴지 않은 채 그대로 있었습니다. 이번에는 교실 끝에 남아 있던 몇몇 아이들이 책상 위에 올라가 신기한 구경에 합류했습니다. 저스틴이 계속 주먹을 쥐고 있자 가까이 있는 아이들 두 명이 저스틴의 손가락을 잡아당기면서 강제로 펴려고 시도했습니다.

그때,

"기다려, 얘들아!"

해리 선생님이 달려드는 두 명의 아이들을 제지하며 말했습니다.

"저스틴, 이제 손을 펴 보겠니?"

해리 선생님이 나지막하지만 엄한 목소리로 말했습니다.

"네, 선생님."

저스틴은 마음속으로 셋부터 영까지 카운트다운을 한 후에 손을 확 폈습니다.

정적 속에서 아이들의 시선이 일제히 저스틴의 손바닥으로 향했습니다. 저스틴의 손바닥에는 하얀 점 같은 작은 물체가 놓여 있었습니다.

"으악! 벌레다!"

어떤 아이가 이렇게 말했습니다. 당시에는 짓궂은 남

학생들이 징그러운 벌레를 가져와 친구들을 놀라게 하는 장난이 유행하고 있었습니다. 이 말에 두세 명의 여자아이들이 겁을 먹고 교실 구석으로 도망을 갔습니다.

저스틴의 바로 옆에 있던 한 아이가 저스틴의 손을 툭 건드렸습니다. 하얀 물체는 꼼짝하지 않고 그대로 있었습니다.

"벌레는 아닌 것 같은데?"

또 한 아이가 이렇게 말하자 교실 구석으로 도망간 여자아이들이 돌아왔습니다.

저스틴은 물체를 손바닥에 올려놓은 채로 여러 번 주먹을 쥐었다 폈다 하면서 이 물체가 동물이 아니라는 것을 확인시켜 주었습니다.

그러자 아이들이 점 같은 물체의 정체를 확인하기 위해 눈을 더 가까이 들이댔습니다. 해리 선생님도 얼굴을 낮춰 눈을 저스틴의 손바닥 가까이 가져갔습니다.

"여러분, 이것이 도대체 무엇일까요?"

해리 선생님이 이렇게 말하면서 저스틴의 손을 잡고 이리저리 물체를 살펴보았습니다. 그리고 잠시 후 선생님은 엄지와 중지로 그 작은 물체를 들어 올리고는 더 가까이에서 살펴보았습니다.

"여러분! 세상에? 이 물체는 아주 작은 상자네요!"

해리 선생님이 감탄하며 말했습니다.

"이렇게 작은 상자는 처음 봅니다. 세상에 이렇게 조그만 상자가 있다니!"

해리 선생님은 상자를 계속 관찰했습니다. 그러다가 뭔가를 또 발견한 듯 말했습니다.

"여러분, 놀랍게도 상자에 뚜껑이 있어요. 뚜껑을 열어 보겠습니다."

해리 선생님은 손톱을 이용하여 상자의 뚜껑을 가까스로 열었습니다. 그러자 그 안에 검은색으로 보이는 작은 물체가 보였습니다. 해리 선생님은 상자를 뒤집어 그 물체를 손바닥에 올려놓았습니다.

"여러분, 이건 또 뭘까요?"

이렇게 말하면서 해리 선생님은 코를 그 물체 가까이 대어 냄새를 맡았습니다.

"음… 맛있는 초콜릿 냄새가 나네요. 이 작은 물체의 정체는 초콜릿인 거 같습니다."

해리 선생님이 혀를 날름거리며 초콜릿을 먹는 시늉을 하며 우스꽝스러운 표정을 지었습니다. 아이들이 깔깔거렸습니다.

"여러분, 저스틴이 가져온 것은 초콜릿 상자입니다. 저스틴에게 돌려주도록 하겠습니다."

해리 선생님은 초콜릿을 상자에 조심스럽게 넣으면서 이렇게 말했습니다. 그러자 어떤 아이가 허탈해하며 말했습니다.

"애개? 뭐야? 미니 초콜릿 상자라고?"

뭔가 신기한 것이 나올 거라 기대했던 다른 아이들도 싱겁다는 투의 반응을 보이며 각자의 자리로 돌아갔습니다. 해리 선생님도 실망한 듯 미니 초콜릿 상자를 저스틴에게 돌려주며 말했습니다.

"저스틴도 상자를 가지고 오긴 했구나. 하지만 그리 크지는 않은걸! 선생님은 큰 상자를 가져 오라 했는데 말이야."

해리 선생님이 이 말을 마치고 저스틴의 자리를 막 벗어나려고 하는 순간이었습니다.

"아뇨, 선생님. 이건 엄청 큰 상자예요!"

이건 분명 저스틴의 목소리였습니다. 평소보다 목소리가 커서 교실 안에 있는 모든 아이들도 들을 수 있었습니다.

저스틴의 이 말은 교실 분위기를 갑자기 썰렁하게 만들었습니다. 해리 선생님과 아이들은 모두가 얼어붙은 듯 말없이 서로의 얼굴만 쳐다보았습니다.

이따금 엉뚱한 행동을 하는 저스틴에 대해 모두가 알고 있었지만 방금 이 말은 모두의 예상을 깨는 말이었습니다. 해리 선생님도 도저히 이해할 수 없는 엉뚱한 말이었습니다.

이것은 개를 두고 고양이라 우기는 것과 같고, 바다를 보고 사막이라 우기는 것과 같은 상황이었습니다. 이런 상황은 심각한 치매를 앓는 노인들에게서나, 이제 막 말을 배우고 있어서 낱말의 개념이 혼란스러운 한두 살 어린아이에게서나 나올 수 있는 반응이었습니다.

해리 선생님은 자기가 가르치는 초등학교 아이들에게

서 이런 경우를 경험한 적이 없었습니다. 이 상황을 어떻게 수습해야 할지에 대해 해리 선생님은 잠시 고민하고 있었습니다.

그때,

"마술이 이제부턴가 보네!"

모리스가 이렇게 말하며 정적을 깨주었습니다.

해리 선생님은 뒤로 돌아 다시 저스틴의 자리로 갔습니다. 아이들 몇몇이 또 저스틴의 자리로 몰려들었습니다. 교실 안에 있는 모든 시선이 또 일제히 저스틴의 손을 향해 집중되었습니다.

"그럼 이제, 이게 엄청 큰 상자로 변신하는 거야?"

로이가 비아냥거리는 투로 말했습니다.

"저스틴, 이제부터가 정말 마술이니? 선생님도 궁금하

구나!"

해리 선생님이 이렇게 묻자 저스틴이 대답했습니다.

"죄송하지만 선생님… 이건 마술이 아니에요."

선생님과 아이들의 반응을 예상했다는 듯 저스틴의 대답은 침착했습니다.

"마술이 아니면 마법이냐? 어서 큰 상자로 변신시켜봐!"

모리스가 짜증 난 목소리로 저스틴을 다그쳤습니다.

"여러분! 다들 조용히 하고 저스틴의 말을 들어봅시다."

해리 선생님이 모리스의 말을 끊고 말했습니다.

평소 생각이 깊은 저스틴을 관찰해 왔지만 지금 이 순

간의 해리 선생님은 아이들과 같은 마음이었습니다. 정말 마법이 있는 건지 궁금했습니다.

해리 선생님은 저스틴의 눈을 바라보며 조용히 말했습니다.

"저스틴, 이게 정말 엄청 큰 상자로 변하는 마법의 상자가 맞니?"

저스틴이 잠시 아이들을 둘러보고는 조금 망설이면서 대답했습니다.

"네… 선생님. 그렇다고 할 수 있어요!"

저스틴이 이렇게 대답하자 아이들이 야유를 퍼부으며 한마디씩 했습니다.

"우 하하! 마법이래! 세상에 마법이 어디 있어?"

"선생님, 저스틴이 미쳤나 봐요!"

"맞아요, 선생님. 저스틴이 오늘 너무 이상해요!"

아이들이 계속 저스틴을 공격하자 해리 선생님이 당황스러워하며 말했습니다.

"얘들아, 그렇지 않아. 저스틴에게 무슨 이유가 있을 거야."

"아뇨, 선생님. 저스틴이 미친 거 맞아요! 선생님 앞에서 말도 안 되는 거짓말을 하고 있잖아요."

로이가 온 교실이 울리도록 큰 소리로 말했습니다.

"난 안 미쳤어! 이건 정말로 엄청 큰 상자야!"

저스틴도 지지 않으려는 듯 로이를 향해 큰 소리로 말했습니다.

"내 손톱보다도 작은데 이게 엄청 크다고? 이게 내가 가져온 상자보다도 크냐?"

로이가 자기가 가져온 커다란 상자를 들어 보이며 말했습니다.

"당연히 네 것보다 크지!"

저스틴이 이렇게 말하자 모든 아이들이 아연실색하여 서로를 보며 웅성거렸습니다.

"선생님, 저스틴이 정말로 이상해요!"

"선생님, 저스틴이 아픈 거 같아요!"

"선생님! 지금 119에 전화할까요?"

여기저기서 저스틴이 이상하다는 아이들의 말소리가 동시다발로 터져 나왔습니다.

상황이 걷잡을 수 없을 정도로 심각해졌다는 것을 해리 선생님은 부정할 수 없었습니다. 이제는 해리 선생님도 어쩔 수가 없었습니다. 좀처럼 아이들의 마음에 상처

주는 말을 하지 않는 해리 선생님이었습니다. 하지만 지금은 해리 선생님도 아이들과 같은 입장에 설 수밖에 없었습니다.

"그렇구나! 저스틴이 오늘 정말로 이상하구나. 저스틴, 오늘 수업 마치고 선생님과 이야기 좀 할 수 있겠니?"

해리 선생님은 교사 생활을 하면서 그동안 공개적으로 특정 학생에게 이런 말을 한 적이 없었습니다. 먹지 말아야 할 음식을 먹은 것처럼 뱃속에서 메스꺼운 기운이 올라왔습니다.

"네, 선생님. 그렇게 하겠습니다."

해리 선생님의 걱정과는 달리 저스틴의 대답에는 아무런 동요가 없었습니다.

"여러분, 모두 자리에 앉으세요. 수업을 시작하겠습니다."

해리 선생님은 이렇게 말하고 교단으로 올라가 수업을
시작하셨습니다.

그날 3학년 3반의 선생님과 아이들은 이 사건으로 인
해 수업이 끝날 때까지 마음이 혼란스러웠습니다.

2장

마법의 시작

CHOCOLATE

수업을 마치고 아이들이 집으로 돌아갔습니다. 해리 선생님과 저스틴만 교실에 남았습니다.

"저스틴, 여기 앉아라."

해리 선생님이 의자 하나를 당겨서 저스틴이 앉을 수 있도록 배려해 주셨습니다.

"이런 적이 없었는데, 오늘은 저스틴이 잘못한 것 같구나. 내일 친구들에게 사과하렴…."

해리 선생님이 자비로운 표정을 지으며 저스틴에게 말

했습니다.

"선생님, 소란을 피워서 죄송합니다. 하지만 제 말은
사실입니다."

저스틴은 조금도 뉘우치는 기색이 없었습니다. 해리
선생님이 저스틴이 가져온 상자를 받아 만지작거리며 약
간 심각한 표정으로 말했습니다.

"저스틴, 정말 이해할 수가 없구나! 아무리 보아도 작
은 상자인데, 이게 큰 상자라니? 억지가 심한 것 같지 않
니?"

저스틴은 바로 대답을 하지 않았습니다.

1학년과 2학년 때의 담임 선생님은 해리 선생님처럼
이해심이 넓지 않았습니다. 1학년과 2학년 때 저스틴은
아이들 앞에서 선생님의 꾸지람을 여러 번 들었습니다.
하지만 해리 선생님은 누구보다 저스틴의 마음을 많이
배려해 주셨습니다. 오늘 일만 해도 1학년과 2학년 담임

선생님이었다면 그 자리에서 크게 꾸지람을 듣거나 복도에서 손을 들고 꿇어앉는 벌을 받았을 것입니다.

저스틴은 해리 선생님을 좋아했습니다. 그래서 해리 선생님을 실망시키고 싶지 않았습니다.

저스틴은 해리 선생님의 눈을 쳐다보며 자신의 마음을 전하려고 했습니다. 그러자 해리 선생님이 눈빛으로 저스틴을 향해 '괜찮다'라고 대답하는 것 같았습니다. 그제야 저스틴은 입을 열고 말했습니다.

"선생님, 마법이 있다고 믿으세요?"

"마법?"

해리 선생님은 예상하지 못한 저스틴의 질문에 얼떨결에 이렇게 반문하며 잠시 생각에 잠겼습니다.

해리 선생님은 조앤 롤링의 '해리포터' 책을 재미있게 읽었고 영화도 재미있게 보았습니다. 판타지 시리즈인

'나니아 연대기'와 '반지의 제왕'도 재미있게 보았습니다. 그리고 보니 자신이 마법 이야기를 즐기고 있다는 것을 알았습니다. 그리고 그것이 아이들을 이해하는 데 도움이 된다고 생각했습니다.

해리 선생님은 마법 이야기를 즐기는 것이 직업 때문인지, 아니면 진정으로 자기가 좋아하기 때문인지에 관해 한 번 더 자신에게 질문을 던졌습니다. 그리고 자신이 아이 같아서 아이들이 좋아하는 마법 이야기를 좋아하는 것이라는 결론을 내렸습니다.

그러고 보니 지금과 같은 비슷한 상황이 이전에도 한 번 있었습니다. 초등학교 1학년 담임을 맡고 있을 때, 한 여자아이로부터 "선생님, 산타클로스 할아버지는 없는 건가요?"라는 질문을 받았던 적이 있었습니다. 그때도 잠시 망설이긴 했지만, 해리 선생님은 분명히 "산타클로스는 계시단다"라고 대답한 기억이 떠올랐습니다.

이번 질문에도 어떻게 대답해야 할지 해리 선생님의 생각은 분명해졌습니다. 그리고 저스틴을 향해 말했습니다.

"저스틴, 나는 마법이 있다고 믿어."

저스틴은 해리 선생님이 이렇게 대답할 거라고 예상했습니다. 저스틴은 어른들에게 마법이 있다고 믿느냐는 질문을 한 적이 여러 번 있었습니다. 이 질문에 조금도 망설이지 않고 "마법은 있다고 믿어"라고 대답하는 어른들이 있었습니다. 하지만 이내 저스틴은 어른들의 이 대답은 대부분 거짓말이라는 것을 알았습니다.

마법이 있다고 믿는 것이 진짜인지 거짓인지 저스틴은 그 사람의 말과 행동을 관찰하면 알 수 있었습니다. 처음 듣는 이상한 말에 귀를 기울이면 마법이 있다고 믿는 사람이고, 반대로 듣자마자 무시하는 사람은 마법이 있다는 것을 믿지 않는 사람입니다.

해리 선생님은 보통 어른들과 달랐습니다. 해리 선생님은 신기한 것에 관심이 많았고 아이들의 말을 흘려듣는 적이 없었습니다. 해리 선생님은 진짜라는 쪽으로 저스틴의 마음이 기울어져 있는 상태지만 조금 더 확인을 해보고 싶었습니다.

"선생님, 마법을 본 적이 있으세요?"

"마법을 본 적이 있냐고?"

해리 선생님은 또 한 번 예상하지 못한 저스틴의 질문에 이렇게 반문하며 머뭇거릴 수밖에 없었습니다.

책과 영화에서나 마법을 봤지 현실에서 어느 누가 마법을 보거나 경험할 수 있겠습니까. 하지만 해리 선생님은 이 질문이 섣불리 대답할 수 없는 질문이라는 걸 알았습니다. 마법이 있다고 믿는다고 조금 전에 대답했는데 본 적은 없다고 대답하면 저스틴은 분명 본 적도 없으면서 어떻게 있다고 믿느냐고 되물을 것 같은 예감이 들었습니다.

해리 선생님은 대답을 미루고 바쁘게 자신의 기억을 더듬기 시작했습니다. 그러자 놀랍게도 마법을 본 경험이 떠올랐습니다.

"저스틴, 나는 마법에 빠져보기도 하고, 마법을 부리기
도 해 봤단다."

"멋져요! 선생님. 언제 어떤 마법이었는지 말씀해 주실
래요?"

해리 선생님의 대답을 들은 저스틴이 낯선 곳에서 반
가운 친구를 만난 듯 환하게 웃으며 말했습니다.

"선생님은 원래 결혼할 생각이 없었단다. 그런데 어느
날 우연히 한 찻집에서 이사벨이라는 아가씨를 보았는
데, 그 순간 나는 이사벨이 부리는 마법에 빠져 버렸지.
정말로 그건 마법이었어. 마법이 아니라면 설명이 불가
능해! 그 이후 난 늘 이사벨만 생각하게 되었지. 그리고
이사벨에게 프러포즈를 하고 결혼 승낙을 받았을 땐 매
일 하늘을 날아다니고, 세상을 다 가진 기분이었어….

해리 선생님은 홍분에 싸인 채 잠시 마음을 진정시키

고 있었습니다. 해리 선생님은 지금 자신이 하는 말이 거
짓도 아니고 과장도 아니라고 확신하고 있었습니다.

해리 선생님은 저스틴의 눈빛을 살폈습니다. 저스틴의
눈은 신기함과 놀라움으로 반짝이고 있었습니다. 해리
선생님은 흥이 나서 하던 말을 계속했습니다.

"난 이사벨과 결혼을 했단다. 그리고 6개월 전에 이사
벨에게서 나의 예쁜 딸, 소피아가 태어났단다. 갓 태어난
소피아를 안으면서 난 믿을 수가 없었어. 내가 새 생명
을 창조해 내다니! 난 그때 내가 마법사가 된 것 같았어.
맞아! 나와 이사벨이 생명을 창조하는 마법을 부렸던 거
야!"

해리 선생님은 말을 맺었지만 계속 감격에 싸여 있었
습니다. 저스틴은 그런 해리 선생님의 표정을 읽으면서
초롱초롱하게 눈망울을 빛내고 있었습니다. 해리 선생님
은 잠을 자는 듯 지금이 어떤 상황인지 잠시 잊고 있었습
니다.

"선생님, 솔직하게 말씀해 주셔서 감사합니다."

해리 선생님은 저스틴이 이렇게 말하는 것을 듣고 겨우 정신이 현실로 돌아왔습니다.

그러고 보니 해리 선생님은 다른 누군가에게 '마법에 걸렸다'는 부류의 말을 해 본 기억이 없었습니다. 이런 말을 하게 될 줄은 상상도 못했습니다. 해리 선생님은 지금의 상황이 바로 마법에 빠진 상황이라고 직감하고 있었습니다.

"아니다, 저스틴! 내가 이런 말을 할 수 있게 해 준 네가 오히려 고맙구나."

해리 선생님은 저스틴 덕분에 가족의 소중함을 한 번 더 깨닫게 되었고 어린아이로 돌아가는 특별한 경험까지 하게 되었습니다. 정말로 저스틴에게 고마움을 느끼고 있었습니다.

저스틴은 이런 해리 선생님의 행동을 보고 선생님은

마법의 힘을 믿고 있다는 확신이 들었습니다. 이제 본론으로 들어가도 되겠다는 생각이 들었습니다.

그때 흥분을 가라앉힌 해리 선생님이 저스틴에게 말했습니다.

"초콜릿 상자 이야기를 부모님은 아시니?"

"네. 당연히 부모님은 알고 계세요. 사실은 저희 아빠가 초콜릿 상자의 비밀을 알려 주셨어요."

해리 선생님이 놀라는 표정을 지었습니다.

"상자의 비밀? 아빠가 상자의 비밀을 알려주셨다고?"

이 말을 듣고 해리 선생님은 저스틴의 아빠가 어떤 분인지 무척 궁금해졌습니다. 머릿속에서 잠깐 신사복을 입은 마법사의 이미지를 떠올려 보았습니다.

"네, 선생님. 이 상자에는 정말 마법 같은 비밀이 있어요."

"그래, 저스틴! 선생님도 상자의 비밀이 궁금해서 참을 수가 없구나!"

이제 해리 선생님의 마음에도 저스틴을 향한 의심이 사라지고 있었습니다. 저스틴도 그걸 알아차렸는지 주저 없이 말을 이어갔습니다.

"정 그렇다면 선생님께 보여 드릴게요. 지금 보여드릴 마법은 우주를 이 상자에 넣는 마법입니다."

"뭐? 우주를 상자에 넣는다고?"

저스틴의 말을 듣고 해리 선생님이 본능처럼 되물었습니다.

해리 선생님은 마음속에서 사라졌다고 여겼던 의심이 다시 꿈틀거리는 것을 느꼈습니다. 그리고 자신이 웃어야 할지, 울어야 할지 도무지 알 수 없는 희한한 상황에 빠져들고 있다는 것을 알았습니다.

'너 정말로 미쳤구나!'

하마터면 이 말이 입 밖으로 튀어나올 뻔했습니다. 다행히도 해리 선생님은 학생 앞에서 인내력이 많은 선생님이었습니다.

'그래, 우주의 의미가 다를 수도 있지!'

해리 선생님은 마음속에서 계속 저스틴을 보호해주고 있었습니다.

"저스틴, 여기서 우주란 어떤 우주를 말하는 거니? 물방울 하나에도 작은 우주가 들어있다는데, 그런 의미니?"

해리 선생님이 약간 어색한 미소를 지으며 저스틴에게 말했습니다.

해리 선생님은 초등학교 3학년 아이와 철학적인 대화를 나누고 있는 지금의 상황이 생소하고 어색했습니다. 과연 저스틴이 무슨 말을 할지 기대가 되었습니다.

"선생님, 선생님이 말씀하시는 우주가 뭔지는 잘 모르겠지만 저는 진짜 우주를 말하는 것입니다."

"저스틴, 그러니까 우리가 지금 보고 있는 산과 강, 하늘과 별까지 모두 포함하는 그 우주 말이니?"

해리 선생님은 저스틴의 말이 무슨 의미인지 알았지만 한 번 더 확인하고 싶었습니다.

해리 선생님은 저스틴의 눈을 바라보았습니다. 저스틴도 해리 선생님의 눈을 바라보았습니다. 그러면서 저스틴은 두 번 고개를 끄덕거렸습니다. 이것은 저스틴이 상자에 담으려고 하는 것이 일반적으로 우리가 알고 있는 그 우주라는 분명한 대답이었습니다.

해리 선생님은 무슨 말을 해야 할지 몰라 멍하게 앉아 있었습니다. 그런 선생님의 마음을 읽었는지 저스틴이 말했습니다.

"선생님, 믿기지 않죠? 그래서 마법입니다."

저스틴의 말이 해리 선생님의 가슴을 파고들었습니다. 그리고 심장에 닿아 전율을 일으켰습니다.

'그래, 그러니까 마법이지. 도저히 믿을 수 없는 일이 벌어지는 것, 그러니까 마법이야!'

해리 선생님은 저스틴이 왜 마법이라고 했는지 이제 이해가 되었습니다.

일어날 가능성이 있는 일이 일어나는 것은 마법이 아닙니다. 예상하는 일이 일어나는 것도 마법이 아닙니다. 도저히 일어날 수 없는 일이 일어나는 것, 백 퍼센트 불가능하다고 믿었던 일이 현실로 나타나는 것이 마법입니다.

그래서 마법은 기적과도 비슷한 것입니다. 한번 기적을 본 사람은 기적이 계속 일어날 수 있다고 생각합니다. 기적이 계속 일어날 수 있다고 믿는 사람은 매 순간을 기적처럼 살 수 있다고 말합니다.

'이 아이… 무서운 아이구나!'

해리 선생님은 문득 이런 생각이 들었습니다.

그동안 해리 선생님에게 저스틴은 이상한 아이 또는 엉뚱한 아이였습니다. 이런 이미지는 이제 해리 선생님의 머릿속에서 점차 사라지고 있었습니다.

해리 선생님은 저스틴의 까만 눈동자 속을 뚫어지게 바라보았습니다. 저스틴의 까만 눈동자는 티 없이 맑았습니다. 저스틴의 눈동자 안에는 해리 선생님의 모습도 보였습니다. 해리 선생님은 저스틴의 마음에 거짓이 있다면 눈동자가 이렇게 맑을 수는 없다고 생각했습니다.

'이 아이⋯ 지금 장난치는 게 아니구나!'

해리 선생님은 목구멍으로 이 말을 하면서 꿈틀거리는 의심을 꾹 눌러 버렸습니다. 그러고는 저스틴을 향해 나지막하게 말했습니다.

"저스틴, 매우 기대가 되는구나!"

"고맙습니다, 선생님. 시간이 조금 걸릴 거예요."

"괜찮다. 마음 놓고 시작하렴…."

"좋아요, 선생님. 시작하겠습니다. 제가 말하는 대로 행동을 취해 주세요."

"알았어요, 저스틴!"

저스틴 앞에서 해리 선생님은 학생으로 돌아간 것처럼 자세를 고쳐 바르게 앉았습니다.

"선생님, 눈을 감아 주세요. 이제 마법이 시작됩니다."

해리 선생님은 살며시 눈을 감았습니다.

시간이 정확히 얼마나 지났는지 모르겠습니다.

교실 밖 창가에서 여자아이들 몇몇이 모래 놀이를 하고 있었고, 멀리 운동장에서는 남자아이들이 축구를 하고 있었습니다.

"끼야~!"

갑자기 3학년 3반 교실에서 성인 남자의 환호성이 밖에까지 들렸습니다. 키 큰 여자아이 하나가 교실 안을 엿보려고 폴짝폴짝 뛰었습니다.

교실 안에서 해리 선생님이 저스틴을 얼싸안고 빙글빙 글 돌고 있었습니다. 그러면서 기쁨에 차서 소리를 치고 있었습니다.

"이럴 수가, 이럴 수가! 정말로 우주가 상자에 들어갔 어!"

해리 선생님은 올림픽에서 금메달이라도 딴 것마냥 기 뻐서 어쩔 줄을 몰랐습니다.

"이건 마법이야! 난 마법을 보았어!"

해리 선생님이 외치는 소리가 어찌나 크던지 학교 담 장을 넘어가고 있었습니다.

한 신사가 한적한 카페 구석에 앉아서 한가로이 책을
읽고 있었습니다.

책가방을 멘 저스틴이 카페 문을 열고 들어와서는 신
사에게로 뛰어갔습니다.

"아빠!"

"앗, 저스틴! 웬일이니?"

"아빠, 해리 선생님이 지금 아빠를 만나고 싶대!"

"엉? 해리 선생님이 왜?"

"응, 내가 오늘 해리 선생님께 초콜릿 상자의 비밀을 알려드렸거든….."

저스틴은 아빠에게 오늘 학교에서 있었던 일을 자세히 말해주었습니다.

"오~ 저스틴! 정말 큰일을 저질렀구나!"

아빠의 얼굴에는 흥미로움과 걱정스러움이 번갈아 나타났습니다.

"아빠, 내가 뭐 잘못한 거야?"

저스틴이 당황해하는 아빠를 보며 말했습니다.

"아…아니다, 저스틴. 이미 일이 시작됐다면 좋은 일로 만들어 보자. 아빠는 선생님을 만나러 갈 테니, 너는 집으로 가렴."

저스틴의 아빠가 스프링리버 초등학교 3학년 3반 교실 문 앞에 서 있습니다. 아빠는 두어 번 헛기침을 한 후에 노크를 했습니다.

'똑똑'

"네, 들어오세요."

"선생님, 안녕하세요? 저스틴 아빠입니다."

문을 열고 들어온 저스틴의 아빠가 해리 선생님께 인사를 했습니다.

"아! 아버님, 어서 오십시오."

해리 선생님은 저스틴의 아빠를 반갑게 맞았습니다.

"선생님, 저스틴이 오늘 학교에서 소란을 피웠다고 들었습니다."

"소란이라뇨? 아버님. 너무도 멋진 이벤트였습니다."

해리 선생님은 아직도 놀라움을 감추지 못한 채 상기되어 있었습니다. 저스틴의 아빠는 해리 선생님께 무슨일이 일어났는지 직감으로 알아챘습니다. 그리고 환하게 미소를 띠며 말했습니다.

"와우! 선생님도 마법을 경험하셨군요!"

"그럼요, 아버님. 일생일대의 대반전이었습니다. 저스틴에게 고마울 따름입니다."

"휴우~ 다행입니다. 마법이 안 통하는 사람도 있는데… 선생님, 감사합니다."

"감사라뇨? 아버님, 저스틴이 오늘 제게 엄청난 선물을 주었습니다. 저야말로 저스틴과 아버님께 감사를 드립니다. 오늘 초콜릿 상자의 비밀을 알고 나니 그동안 저스틴에 대한 모든 궁금증이 풀렸습니다. 그리고 저도 마법사가 된 것 같은 기분입니다."

"네, 선생님. 정말 다행입니다. 그리고 축하드립니다."

저스틴의 아빠도 몇 년 전 똑같은 경험을 했습니다. 마법사가 된 기분이 어떤 건지 너무도 잘 알고 있었습니다. 그것은 하늘을 날아다니는 것 같기도 하고, 수많은 장난감으로 가득 찬 방에 들어선 아이의 기분 같기도 합니다.

그 기분을 똑같이 해리 선생님이 느꼈다고 하니 해리 선생님이 친구처럼 편하게 생각되었습니다.

"아버님, 용서해 주십시오. 저는 사실 지금까지 저스틴을 완전히 오해하고 있었습니다."

"오해라뇨? 선생님께서 무슨 오해를요…."

"정말 많은 오해를 하고 있었죠. 여태까지는 혼란이 많았고 진심을 숨기고 있었습니다. 하지만 오늘 다 알게 됐으니 솔직하게 아버님께 말씀드려도 될 것 같습니다."

"네, 선생님. 마음껏 편하게 말씀하십시오."

해리 선생님도 저스틴의 아빠를 친구라고 여기는 듯 편하게 말하기 시작했습니다.

"저는 저스틴을 이상한 아이라고 생각했습니다. 가끔 수업시간에 했던 엉뚱한 질문과 행동을 보면서 지능이 약간 떨어지나 생각하기도 했고, 가정에 중대한 결함이 있지 않나 싶기도 했습니다."

"아… 네…."

저스틴의 아빠는 이런 말을 처음 들어보는 것이 아닌 것처럼 태연하게 맞장구를 쳐 주었습니다.

"저스틴은 학교 공부를 벗어나 관심 분야가 폭넓었습니다. 또래 아이들하고는 아주 달랐죠. 그래서 반 친구들하고 마찰도 가끔 있었습니다. 어떤 면으로는 한참 무능하고, 어떤 면으로는 상상 이상이었습니다. 전 교육학을 열심히 공부했지만, 저스틴은 제가 배운 교육학의 틀에 맞지 않았습니다. 그런데 오늘에야 알게 되었습니다. 저스틴은 가끔 마법을 부리고 있었습니다. 다른 사람들은 상상도 할 수 없는 다른 세상과 왕래하고 있었던 겁니다. 그리고 제게 오늘 그 길을 보여 준 것입니다."

"오~ 선생님. 정말 그렇게 생각하시나요?"

"네, 아버님! 그렇고 말고요. 저는 오늘 저스틴으로 인해 천국을 만났습니다. 아버님, 부탁이 하나 있는데요…."

"네, 선생님. 기꺼이…."

"감사합니다, 아버님. 다름이 아니라 저스틴이 갖고 있던 그 초콜릿 상자를 저도 하나 구하고 싶습니다. 방법을 알려 주실 수 있으신지요?"

"네, 선생님. 그건 간단합니다."

저스틴의 아빠는 해리 선생님에게 마법의 초콜릿 상

자를 구하는 방법을 친절하게 알려 주었습니다. 그리고 1시간 더 해리 선생님과 대화를 나눈 후에 집으로 돌아 갔습니다.

3장

커지는 사건

CHOCOLATE

다음 날 아침, 등교 시간이 되었습니다.

저스틴이 교실에 들어오자 먼저 온 로이가 저스틴에게
말했습니다.

"저스틴, 아직도 그 상자가 크다고 생각하냐?"

저스틴은 아무 대꾸도 하지 않고 자리에 앉았습니다.

반 아이들이 저스틴을 보며 웅성거리고 있을 때 해리
선생님이 들어오셨습니다. 해리 선생님은 그 어느 때보
다 기분이 좋아 보였습니다.

"선생님, 저런 이상한 애랑 함께 공부할 순 없어요!"

로이가 해리 선생님께 말했습니다. 해리 선생님이 로이를 한 번 쳐다보시고, 다음에 저스틴을 쳐다보신 후 활짝 웃으며 모든 아이들을 향해 말했습니다.

"여러분! 어제 저스틴이 한 말은 사실이었어요. 저스틴이 가지고 온 상자가 정말로 어마어마하게 큰 마법 상자였어요!"

해리 선생님의 말씀이 떨어지자 반 아이들이 모두 눈을 동그랗게 뜨고 서로의 얼굴을 쳐다보았습니다.

"저스틴, 모레 발표 시간에 친구들에게 마법을 보여줄 수 있겠니?"

"네, 선생님. 그렇게 하겠습니다."

저스틴이 기분 좋게 대답했습니다. 하지만 저스틴을 제외한 다른 아이들은 더 깊은 미궁에 빠진 듯 혼란스러

위했습니다.

"여러분, 저스틴이 준비해서 모레 발표 시간에 상자의 비밀을 알려줄 거예요. 그때까지 가만히 기다리기로 합시다."

해리 선생님이 말을 맺기가 무섭게 로이가 손을 들고 말했습니다.

"선생님, 정말로 그 상자가 커다란 상자로 변하는 건가요?"

"로이… 음… 그렇다고 할 수 있어. 아무튼 모레까지 기다려 보자."

"선생님, 저스틴의 상자가 정말로 마법의 상자인가요?"

이번에는 바바라가 질문했습니다.

"음… 바바라, 그렇다고 할 수 있어. 아무튼 며칠만 기다려 보자꾸나."

"선생님이 변신하는 걸 직접 보셨어요?"

이번에는 모리스가 질문했습니다.

"음… 모리스, 내가 직접 봤다고 할 수 있지. 아무튼, 여러분, 모레까지 참고 기다리기로 해요! 알겠죠?"

"네!"

아이들은 일제히 이렇게 대답했지만, 모두가 궁금해서 견딜 수가 없었습니다.

아이들이 모두 집에 돌아간 후 해리 선생님이 교실에서 다음날의 수업준비를 하고 계셨습니다.

"따르릉~~"

교실 안에 있는 학급 전화가 울렸습니다.

"여보세요? … 아! 교장 선생님!"

해리 선생님이 교장 선생님의 전화를 받고 교장실로 갔습니다.

해리 선생님이 교장실에 들어서자 교장 선생님은 잔뜩 화난 표정으로 서 계셨습니다. 해리 선생님은 영문을 몰라 우물쭈물 서 있었습니다.

"해리 선생님! 학부모님 몇 분이 선생님이 이상해졌다고 전화가 왔어요. 초콜릿 상자가 마법을 부린다고 아이들에게 말했다면서요? 그게 사실인가요?"

교장 선생님이 호통을 치자, 그제야 해리 선생님은 무슨 일이 벌어졌는지 상황이 짐작되었습니다.

"앗! 교장 선생님. 어떻게 그것을? 설명할 시간이 조금 필요합니다. 시간을 좀…."

해리 선생님이 우물쭈물 말하는 중간에 교장 선생님이 어이없는 표정을 지으며 다시 한 번 호통을 쳤습니다.

"아니? 세상에 마법이 어디 있습니까? 선생님이 어찌그리 터무니없는 말씀을 아이들에게 하셨습니까?"

"···."

해리 선생님이 난처해하며 대답을 못 하자, 교장 선생님이 탄식하며 말했습니다.

"설마 했는데, 학부모님들 말씀이 다 사실이었군요! 이를 어째···."

해리 선생님은 침착해져야 한다고 생각했습니다. 머릿속에서 교장 선생님을 설득하기 위한 논리를 구상하기 시작했습니다.

"아니? 왜 아무 변명도 못 하시는 겁니까?"

해리 선생님의 대답을 기다리다 지친 교장 선생님이 말했습니다.

"교장 선생님, 진정하시고 30분만 시간을 주시면 안 될까요?"

해리 선생님이 생각을 정리했는지 교장 선생님을 설득하기 시작했습니다.

"뭐라고요? 30분이면 내 눈앞에서 마법을 보여주기라도 하겠다는 말입니까?"

교장 선생님이 기가 찬 표정을 지으며 물었습니다.

"그렇습니다. 교장 선생님."

해리 선생님이 단호하게 대답했습니다. 하지만 이 말을 들은 교장 선생님은 더욱 기가 차다는 표정을 지으며 말했습니다.

"어허! 점점 가관이네요!"

교장 선생님은 해리 선생님의 눈을 노려보았습니다. 그러자 그 눈 속에서 뭔가를 본 것인지 표정을 누그러뜨리며 짧게 말했습니다.

"정말입니까?"

"정말입니다."

해리 선생님도 짧고 분명하게 대답했습니다.

"자, 그럼. 시작해 보세요."

해리 선생님은 오른쪽 바지 주머니에서 작은 초콜릿 상자를 꺼내었습니다. 어제 저스틴의 아빠로부터 얻은 정보를 가지고 저스틴의 상자와 똑같은 것을 구한 것입니다.

어젯밤에 상자를 구한 후 해리 선생님은 우주를 상자에 넣는 마법을 새벽 두 시까지 연습했습니다.

저스틴은 마법을 연습하면 할수록 초능력이 몸에 쌓인다고 말했습니다. 해리 선생님은 저스틴의 말이 옳다고 생각했습니다.

초콜릿 상자는 무한히 좁은 세상과 무한히 넓은 세상을 연결하는 비밀 통로와 같습니다. 마법을 연습할수록 비밀 통로의 길이는 짧아지고, 그것과 반대로 초능력의 파워는 커지는 것입니다.

해리 선생님은 이제까지 다섯 번 정도 연습을 했습니다. 불과 다섯 번 정도지만 해리 선생님은 자신의 몸에 초능력이 쌓인 느낌이 들었습니다.

어젯밤 해리 선생님은 상자의 마법을 연습하느라 늦게 잠자리에 들었고, 흥분한 마음에 잠을 제대로 이루지 못했습니다. 그럼에도 불구하고 아침에 출근할 때 전혀 피곤하지 않았습니다. 오히려 이사벨을 처음 만났을 때나 소피아가 태어났을 때처럼 기분이 날아갈 듯 상쾌했습니다.

그리고 해리 선생님은 지금 느닷없이 교장 선생님의 꾸중을 들었습니다. 그런데 이상한 것은 전혀 자존심이 상하지 않는다는 점입니다.

해리 선생님은 어제 저스틴이 자신의 꾸중을 듣고도

태연했던 것이 이해가 되었습니다.

'그러고 보니 이것이 초콜릿 상자가 주는 첫 번째 초능력이구나!'

이런 생각이 들자 해리 선생님의 가슴에 한없는 행복감이 밀려왔습니다.

해리 선생님이 발견한 첫 번째 초능력은 무한한 자존감입니다. 누구도 부럽지 않고, 자신이 모든 것을 다 가지고 있다는 황홀한 기분입니다. 이것은 우주를 상자에 넣고, 우주가 담긴 상자를 호주머니에 넣고 다니는 사람만이 갖는 특권이었습니다.

해리 선생님은 교장 선생님 앞에서 이렇게 당당했던 적이 한 번도 없었습니다.

"해리 선생님! 도대체 지금 무슨 생각을 하는 겁니까?"

교장 선생님이 당신의 얼굴을 해리 선생님의 코앞에

들이대며 또 한 번 호통을 쳤습니다.

"앗! 죄송합니다, 교장 선생님. 잠시 딴생각을 하고 있었습니다."

"아니, 이 사람이? 지금 딴 생각을 할 때입니까? 마법을 보여 준다면서요?"

해리 선생님은 교장 선생님의 반응을 살피면서 교장 선생님께 마법이 통할지 가늠해 보기 시작했습니다.

교장 선생님은 무려 35년간 교직 생활을 하신 분이었습니다. 매일 아침 교문에 서서 등교하는 아이들과 하이파이브를 하시는 분입니다. 그리고 매년 학예회 때마다 장기를 하나씩 배워 오셔서 학생들과 교사들을 놀라게 하시는 분이었습니다.

해리 선생님은 점심시간에 아이들이 운동장에서 축구를 할 때 교장 선생님이 아이들과 함께 축구를 하는 장면을 여러 번 보았습니다. 이런 정황을 보건대 해리 선생님은 교장 선생님에게도 자기와 같은 어린아이 마음이 있다는 확신이 들었습니다.

오늘처럼 선생님들께 호통을 치는 모습을 자주 목격했지만, 교장 선생님은 금방 선생님들의 잘못을 잊어버리셨습니다. 해리 선생님은 마법을 실험하는 첫 상대가 교장 선생님이라는 사실이 행운이라 생각했습니다.

해리 선생님은 살짝 미소를 지으면서 교장 선생님께 말했습니다.

"교장 선생님, 이제 마법을 시작하겠습니다. 죄송하지만 잠시만 제가 시키는 대로 해 주시겠습니까?"

"허~ 이런! 좋습니다. 어서 시작하세요!"

교장 선생님은 이렇게 말씀하셨지만 내키지 않은 것은 분명해 보였습니다.

"교장 선생님, 마법을 보시려면 진지하셔야 합니다."

해리 선생님이 정색을 하며 교장 선생님께 말했습니다. 그러자 교장 선생님이 자세를 고쳐 바른 자세로 앉았습니다.

"좋습니다, 교장 선생님, 눈을 감아주십시오. 마법이 시작됩니다."

해리 선생님은 조심스럽게 마법 시연을 시작했습니다.

...

교장실 근처에 있는 도서관에서 몇몇 아이들이 책을 읽고 있었습니다.

"끼야호!"

갑작스러운 어른의 환호성 소리에 아이들이 놀라 고개를 들었습니다. 교장 선생님의 환호성 소리가 너무 커서 교장실 밖 도서관까지 들린 것입니다.

해리 선생님이 교장실에서 나와 교실로 돌아갔습니다.

교장 선생님은 들뜬 표정으로 전화 수화기의 버튼을 눌렀습니다. 아까 항의 전화를 준 학부모님 몇 분께 전화를 거는 것입니다.

"어머님, 안녕하세요? 스프링리버 초등학교 교장입니다. 제가 확인해보니 해리 선생님이 틀린 말을 한 것은 아니었습니다. 이것은 설명이 조금 필요한데요, 따로 설명하는 자리를 조만간 마련하겠습니다."

교장 선생님은 항의 전화를 준 모든 학부모님께 전화

를 드리고 친절하게 설명해 드렸습니다.

하지만 어떻게 된 일인지 오히려 일은 점점 안 좋게 돌아가고 있었습니다. 해리 선생님에 이어서 교장 선생님까지 미쳤다는 둥, 마법에 걸렸다는 둥 이상한 소문이 퍼져나가기 시작했습니다.

어떤 부모님은 교육청에 전화해서 교육청에서 진상을 밝혀주길 바란다는 요청을 하기도 했습니다. 어떤 부모님은 교육청에 전화해서는 진상이 밝혀지기 전까지 아이를 학교에 보내지 않겠다는 말을 전하기도 했습니다.

다음 날 정말로 3학년 3반 학생 중에 결석한 학생이 있었습니다. 해리 선생님이 결석한 학생의 부모님께 전화했지만 통화가 되지 않았습니다.

또 하루가 지나고 저스틴이 아이들에게 발표하기로 한 날이 되었습니다.

조회시간이 되었는데 해리 선생님이 들어오시지 않고

교감 선생님께서 들어오셨습니다. 평소 깐깐하고 잔소리가 많은 교감 선생님이라는 것을 알기에 아이들의 표정에는 긴장감이 돌았습니다.

"여러분, 오늘은 해리 선생님이 다른 볼 일이 있어서 수업을 못 하십니다. 그래서 오늘은 제가 여러분 수업을 담당합니다."

"교감 선생님! 해리 선생님은 어딜 가신 건가요?"

평소 질문이 많은 에이미가 말했습니다.

"해리 선생님은 교육청에 들어가셨어요. 아마 오늘 수업이 끝날 때쯤 오실 겁니다."

교감 선생님이 대답하셨습니다.

해리 선생님은 학부모님들 사이에 떠도는 괴소문을 해명하기 위해 아침부터 교육청에 불려 가신 것입니다.

"오늘 결석한 학생이 두 명이군요. 결석한 학생들 이름이 뭔가요?"

교감 선생님이 빈자리를 보며 아이들에게 말했습니다. 오늘은 결석한 학생이 어제보다 한 명 더 늘었습니다.

저스틴은 친구 두 명이 결석한 것과 해리 선생님이 교육청에 가신 것이 초콜릿 상자와 관련이 있다는 것을 직감으로 알았습니다.

'아빠가 걱정하신 일이 이런 거였구나!'

저스틴은 이런 생각을 했지만, 평소 아빠가 자주 하는 이런 말도 생각났습니다.

'저스틴, 안 좋은 일이 일어나면 다음에는 좋은 일이 일어난단다.'

처음 아빠의 이 말을 들었을 때 저스틴은 이런 질문을 했습니다.

"아빠, 항상 그렇다고 할 수는 없잖아. 안 좋은 일이 연속적으로 일어날 수도 있잖아?"

"안 좋은 일이 연속해 일어날 수도 있지. 하지만 그런 후에는 반드시 좋은 일이 연속해서 일어난단다."

"아빠, 어떻게 반드시 그렇다고 할 수 있어?"

저스틴의 말을 듣곤 아빠가 호주머니에서 초콜릿 상자를 꺼내 보여주었습니다.

"저스틴, 다른 사람은 몰라도 이 상자의 주인은 반드시 할 수 있어!"

아빠의 말을 들은 저스틴도 호주머니에서 초콜릿 상자를 꺼냈습니다.

"저스틴, 이 상자 안에 뭐가 들어 있는지 항상 기억하렴. 그리고 상자의 주인이 누구인지도."

아빠의 말이 끝나자마자 뭔가 중대한 것을 잊었다가 기억난 것처럼 저스틴이 말했습니다.

"앗! 맞다, 아빠! 깜빡했어! 상자의 주인은 나고 주인은 운명을 지배한다!"

"그래, 저스틴! 절대 잊지 마! 상자의 마법은 앞으로 너의 모든 문제를 풀어줄 거야."

상상을 마친 저스틴은 오른쪽 바지 호주머니에 손을 집어넣었습니다. 초콜릿 상자가 손에 잡혔습니다. 저스틴은 상자를 손가락으로 굴리면서 생각했습니다.

'그래, 안 좋은 일 다음에는 반드시 좋은 일이 일어난다.'

저스틴이 생각에 잠겨 있을 때 카랑카랑한 중년의 아주머니 목소리가 들렸습니다.

"어이 거기? 책 안 펴고 뭐 하니?"

저스틴이 잠시 다른 생각을 하다가 교감 선생님의 말
씀을 놓치고 말았습니다.

"네가 바로 저스틴이구나!"

어느 순간 교감 선생님이 저스틴 옆에 와서는 싸늘한
목소리로 말했습니다.

"저스틴, 수업시간에는 늘 선생님께 집중하도록 해라!"

"네, 알겠습니다."

저스틴이 대답했습니다.

이날 수업 분위기는 전반적으로 어두웠습니다. 교감
선생님은 유머라고는 눈곱만큼도 없으셨고 모두에게 깐
깐하셨습니다. 3학년 3반 아이들도 그런 교감 선생님의
성격을 잘 알기에 여느 때보다 조용히 하며 수동적으로
수업에 임했습니다.

발표시간이 되었지만 교감 선생님은 아이들의 발표를 듣지 않고 훈계만 하셨습니다. 물론 예정되었던 저스틴의 발표는 하지 못했습니다.

수업이 다 끝나고 종례시간에 해리 선생님이 교실에 들어오셨습니다.

"여러분? 오늘 별일 없었나요? 오늘은 사정이 생겨서 교감 선생님께서 수업을 하셨어요. 교감 선생님과 수업이 즐거웠죠?"

"…."

아이들은 아무도 대답하지 않았습니다.

"선생님, 저스틴의 발표는 언제 하나요?"

바바라가 손을 들고 질문했습니다.

"아! 오늘 못했죠? 저스틴의 발표는 다음 주에 할 겁니다."

해리 선생님이 저스틴을 보며 말했습니다.

"저스틴, 다음 주 월요일에 수업을 마치고 30분 동안 발표를 해 주겠니?"

"네, 선생님. 그렇게 하겠습니다."

"그런데, 저스틴. 그때는 더 많은 사람들이 올 거야. 다른 선생님들도 오시고, 학부모님들도 오시고, 기자님들도 오실 거야!"

"기자님들도요?"

"응, 그래서 교실은 좁아서 안 되고 강당에서 할 거야!"

"강당에서요?"

저스틴이 놀라는 표정으로 되물었습니다.

이렇게 일이 커질 줄은 저스틴은 예상하지 못했습니다. 학급에서 발표하는 것은 경험이 많아서 아무렇지 않았습니다. 하지만 강당에서 발표는 해본 적이 없었습니다. 더군다나 기자들도 온다고 합니다.

저스틴은 많은 청중이 있는 발표장에서 방송국 카메라 앞에 선 자신의 모습을 상상해 보았습니다.

'봄에 했던 웅변대회와 비슷할 거야!'

저스틴은 올해 봄에 웅변대회에 참가해서 상을 받았습니다. 그때도 카메라가 촬영하고 있었고, 많은 청중이 있었습니다. 저스틴은 강당에서 발표를 할 수 있다고 생각했습니다. 그리고 호주머니에서 초콜릿 상자를 꺼내서 손가락으로 굴렸습니다.

"저스틴? 상자의 주인은 할 수 있지? 그렇지?"

해리 선생님은 저스틴이 지금 상자를 만지작거리는 것을 알고 있는 것처럼 말했습니다.

"네, 선생님. 할 수 있습니다."

저스틴이 당연하다는 듯 분명하게 말했습니다.

"저스틴, 연습을 많이 해야 한단다. 알겠지?"

"네, 선생님. 연습 많이 하겠습니다."

저스틴이 대답하자 해리 선생님이 반 아이들에게 말했습니다.

"여러분, 많이 궁금하죠? 하지만 조금만 더 기다립시다. 다음 주 월요일에 모두 알게 될 거예요. 다음 주 월요일까지 기다릴 수 있겠죠?"

"네, 선생님!"

아이들이 일제히 큰 소리로 대답했습니다.

"그런데 여러분! 선생님이 한 가지 부탁이 있어요. 부

모님이나 다른 사람들에겐 알리지 말기로 해요. 약속할
수 있겠죠?"

"네…."

그런데 이번에는 아이들 대답에 한결같이 힘이 없었습
니다.

어떤 아이들은 집에 가서 부모님께 오늘 일을 자세히
말해 주었습니다. 어떤 부모님은 다른 학교 학부모님께
이 일을 말해 주었습니다.

사람들이 모이는 곳이면 여기저기서 소곤거리는 이야
기가 있었습니다.

"다음 주 월요일에 스프링리버 초등학교에서 마술쇼를
한대!"

"아니, 마술이 아니고 마법을 보여준다고 들었는데?"

"누가 한대?"

"어린 마법사래!"

"세상에나! 무슨 마법이래?"

"우주를 상자에 넣는 마법이래!"

"뭐야? 너, 농담이 지나치구나!"

　며칠 만에 이 이야기는 온 시내에 두루 퍼졌습니다. 그런데 대부분의 사람들은 누군가가 퍼트린 헛소문이라 생각하고 귀담아듣지 않았습니다.

주말이 지나고 월요일 아침이 되었습니다.

저스틴은 수업 시작 한 시간 전에 학교에 왔습니다. 교장 선생님이 저스틴을 교장실로 불러 발표 리허설을 시킨 것입니다.

교장 선생님은 이번 사건으로 인해 많은 학부모와 교육청으로부터 곤란을 겪었습니다. 교장 선생님은 어쩌면 오늘이 35년 교직 생활의 중요한 기점이 될 수 있겠다는 생각을 하고 계셨습니다. 교장 선생님은 결과를 낙관하고 있었습니다.

'상자의 주인은 세상을 개선해야 할 의무가 있어!'

교장 선생님도 초콜릿 상자를 가지고 있었습니다. 지난 주말 동안 초콜릿 상자의 비밀을 확실하게 인지했고 초능력이 몸에 배는 것을 느꼈습니다.

"저스틴, 준비됐니? 내가 청중이라 여기고 시작해 보렴."

교장 선생님이 저스틴에게 말했습니다.

모든 사건의 출발은 저스틴이었습니다. 교장 선생님도 해리 선생님처럼 저스틴으로 인해 새로운 삶을 얻었고 저스틴에게 감사하고 있었습니다. 교장 선생님은 다시 20대로 돌아간 것처럼 온몸에 에너지가 충전되었다는 것을 알았습니다.

이것은 초콜릿 상자가 주는 두 번째 초능력입니다. 상자에 우주를 넣고 상자를 굴릴 때마다 주인의 몸엔 자신감과 도전의 에너지가 쌓여갑니다.

저스틴의 몸에도 초콜릿 상자가 주는 자신감과 도전의 에너지가 가득 충전되어 있었습니다. 저스틴은 교장 선생님 앞에서 마음껏 마법을 시연했습니다.

점심을 일찍 먹은 아이들이 운동장에서 뛰어놀고 있었습니다. 시간은 1시가 되기 20분 전입니다. 강당에는 일찍 온 학부모님 몇 분이 앉아 있었습니다. 그중에는 저스틴의 아빠도 있었습니다.

저스틴의 아빠는 저스틴이 잘할 수 있을지 걱정이 되었습니다. 하기야 저스틴이 오늘 많은 청중 앞에 선다는 것 자체가 보통 일은 아니었습니다. 오늘 발표는 봄에 있었던 웅변대회와는 규모가 다릅니다.

저스틴은 아빠에게 할 수 있다고 말했습니다. 이 말을 듣고 저스틴의 아빠는 아들이 무척 대견하게 생각되었습니다. 저스틴에게 초콜릿 상자의 비밀을 알려 준 게 불과 10개월 전입니다.

저스틴은 원래 아빠의 성격을 닮아 겁이 많고 소심했습

니다. 그런 저스틴이 오늘 강당에서 많은 청중 앞에 섭니다. 이것은 그동안 저스틴의 내면에 엄청난 변화가 있었다는 것을 의미합니다. 저스틴의 아빠는 저스틴이 10개월 만에 상자의 주인이 된 게 확실하다고 생각했습니다.

이런 생각이 들자 아빠의 머릿속에 있는 걱정이 연기처럼 사라졌습니다.

방송국 직원으로 보이는 사람이 무대에 올라가 카메라를 설치하고 있었습니다. 그때 한 무리의 아이들이 웅성거리며 강당으로 들어오고 있었고, 세 명의 아이들이 무대 밑에서 카메라를 구경하고 있었습니다. 카메라는 두 대였는데, 한 대는 무대의 중앙을 향하고, 한 대는 청중 쪽을 향하고 있었습니다.

저스틴의 아빠가 청중 쪽을 향한 카메라를 바라보았습니다. 그러자 그 카메라가 아빠의 기억 속으로 들어왔습니다. 이어서 카메라는 아빠의 주변을 돌며 10개월 전 그날을 촬영하기 시작했습니다.

4장

아빠의 회상

달빛도 추워서 파르르 떨고 있는 겨울 저녁이었습니다.

신사는 미팅하던 사람들과 작별 인사를 나누고 건물을 나섰습니다. 시계를 보니 8시가 조금 넘었습니다. 차가운 바람이 살갗을 파고들었습니다. 신사는 외투를 여미면서 역을 향해 발걸음을 재촉했습니다.

이날은 토요일 저녁이었고 도심지 한가운데라서 거리는 사람들로 붐비어야 정상입니다. 그런데도 거리에 인적이 별로 없는 것은 추운 날씨 때문만은 아니었습니다. 주된 이유는 그날이 밸런타인데이기 때문이었습니다. 사람들은 일찍 귀가하여 가족이나 연인과 함께 행복한 시간을 보내고 있을 것입니다.

신사의 이름은 제임스입니다. 제임스는 돈을 들이지 않고 원하는 모든 사업을 하는 독특한 사업가입니다. 또 시간과 공간의 제약을 벗어나 온 세계를 자유롭게 다니며 다양한 사업을 펼치는 바람의 사업가이기도 합니다.

어떻게 제임스는 돈을 한 푼도 들이지 않고 원하는 모든 사업을 할 수 있을까요? 모두에게 불가능해 보이지만 분명 제임스는 그렇게 하고 있습니다. 그래서 제임스의 존재는 비즈니스를 하는 사람들에게 있어서 미스터리 그 자체입니다.

제임스도 자신을 기다리고 있는 아내와 아들이 조금이라도 빨리 보고 싶었습니다.

제임스는 39세의 늦은 나이에 사랑스러운 아들을 얻었습니다. 그 아들은 올해 8살이 되었고 초등학교 2학년입니다. 이제 다음 달부터는 3학년이 됩니다.

밸런타인데이는 전통적으로 여성이 사랑하는 남성에게 초콜릿을 선물하는 날이라고 알려졌습니다. 하지만 제임스는 며칠 전에 아들을 위해 아주 특별한 초콜릿을 하나 샀습니다. 이 초콜릿은 제임스와 아주 특별한 인연이 있었습니다.

제임스는 예전에 한때 유망한 사업가로 알려졌습니다. 많은 사람이 그에게 돈을 투자했습니다. 제임스의 사업은 한동안 잘 되는 듯했지만 어떤 이유로 인해 갑자기 어려워지기 시작했습니다. 사람들이 그것을 알고 더는 제임스에게 돈을 투자하지 않았습니다. 투자가 끊기자 제임스는 사업을 지키기 위해 여기저기서 돈을 빌렸습니다. 빚은 눈덩이처럼 커졌지만, 제임스의 사업은 결국 망하고 말았습니다.

제임스에게 돈을 투자한 사람들과 빌려준 사람들이 한꺼번에 제임스에게 몰려 왔습니다. 일부 사람들은 그가 범죄자라며 경찰에 고발하기도 했습니다. 제임스는 하루 아침에 집을 잃고 도망자 신세가 되었습니다.

플랫폼에서 열차를 기다리던 제임스는 잠시 그때의 일을 떠올렸습니다. 슬프고 가슴 아픈 장면들이 기억의 스크린에서 빠르게 흘러갔습니다. 제임스는 눈을 감은 채 미간을 찡그렸습니다.

도망자가 되어 사람들의 눈을 피해 다니는 자신의 모습이 보였습니다. 길거리에서 경찰을 만나 잡혀가는 자신의 모습도 보였습니다. 행복한 결혼식을 올린 지 1년도 되지 않아 실의에 빠져 한탄하는 아내의 모습이 보였습니다.

"열차가 들어오고 있습니다. 손님들께서는 한 걸음 뒤로 물러나 주시기 바랍니다."

구내 안내방송이 귀를 때리자 제임스는 정신을 차리고 슬며시 눈을 떴습니다. 제임스의 눈동자는 촉촉하게 젖어 있었습니다. 제임스는 눈을 크게 뜨고 고개를 절레절레 흔들었습니다. 역 구내에는 바람이 없기에 일부러 바람을 만들어 안구에 묻은 물기를 떨구려고 한 것입니다.

'빠아앙~ 쉬익!'

열차가 들어오면서 일으킨 바람이 제임스의 머리카락을 쓸고, 눈동자에 머금은 슬픔도 떨어주었습니다.

제임스는 9시 열차를 탔습니다. 평소 주말보다는 사람이 적어서 빈자리가 많았습니다. 제임스는 창밖 경치가 잘 보이는 자리에 앉았습니다. 곧 열차는 출발했고, 1시간 20분 후에 목적지에 도착할 것입니다.

제임스는 가방을 무릎 위에 올려놓고 손을 가방에 넣었습니다. 곧 가방 한구석에서 상자가 잡혔습니다. 이것이 아들에게 주려고 며칠 전에 사둔 그 초콜릿 상자였습니다.

'그래! 이건 엄청난 행운이었어.'

이런 생각을 하면서 제임스는 씩 미소를 지었습니다.

제임스는 아들이 태어나기 1년 전에 똑같은 초콜릿을

구입한 적이 있었습니다. 알고 보니 그 초콜릿은 하늘이 자신에게 내린 엄청난 선물이었습니다. 제임스는 이 초콜릿으로 인해 깊이를 알 수 없는 불행의 늪으로 떨어지는 자신의 삶을 완전히 반대 방향으로 돌렸습니다.

그러기 위해 시간도 노력도 필요하지 않았습니다. 누구든 이 초콜릿 상자의 비밀을 이해하고 받아들이기만 하면 그만이었습니다.

제임스는 가장 절박할 때 이 초콜릿 상자를 만났습니다. 제임스가 초콜릿 상자를 열자 안에서 천사가 나타났습니다.

솔직하게 말하면 그 천사는 날개가 달려 있지 않았고 스스로를 천사라고 말하지도 않았습니다. 그리고 실제로 만질 수 있게 실물로 등장한 것도 아니었습니다.

그렇지만 제임스는 그 사람이 정말로 천사라고 생각하고 있었습니다. 그는 제임스의 삶을 한 번에 바꿔 주었습니다. 그래서 제임스는 그 사람을 신이 보낸 천사라고 생각하는 것입니다.

그 천사는 제임스에게 초콜릿 상자의 비밀을 자세히
말해주었고, 그 비밀을 받아들이면 마법 같은 초능력이
몸에 쌓인다고 말했습니다. 그리고 지금까지 불가능하다
고 믿었던 일들을 하나하나 이룰 수 있다고 말했습니다.

제임스는 '초능력'이나 '마법' 같은 단어들은 어린아이
들이나 쓰는 쓸모없는 말이라고 생각했었습니다. 그런데
그때 제임스는 어린아이가 되어 있었습니다. 제임스는
천사의 말이 사실일 수도 있다는 생각이 들었습니다.

'그때 모든 것을 잃었다는 것이 오히려 다행이었어!'

제임스는 이렇게 생각하며 계속 상념에 젖어들었습
니다.

…

제임스는 빚을 늘리면서 사업을 회복시키려고 안간힘

을 썼지만 사업은 결국 망해 버렸습니다. 제임스는 그 많은 돈을 허튼 데 썼다고 생각하며 절망에 빠져 있었습니다.

천사로부터 초콜릿 상자의 비밀을 들었을 때 제임스는 이것을 받아들이는 것이 불행의 늪을 탈출하는 유일한 길이라고 생각했습니다. 자신이 그동안 지불한 모든 돈과 노력이 이 초콜릿 상자를 얻기 위한 비용이 아닐까 생각했습니다.

결과론적이긴 하지만, 제임스의 사업이 망해서 빚을 진 채 도망자 신세가 되지 않았다면 이 초콜릿 상자와 천사를 만나지 못했을 것입니다. 그래서 제임스는 그동안의 모든 과정과 불행이 오히려 행운이었다고 믿게 되었습니다.

천사로부터 초콜릿 상자의 비밀을 들은 그날 밤, 제임스의 가슴에는 뜨거운 감동이 폭풍처럼 밀려왔습니다. 그 폭풍은 밤새도록 그치지 않았고 점점 더 거세어졌습니다. 제임스는 폭풍 속에서 헤매다 3일 후에 겨우 잠을 잘 수 있었습니다. 무려 17시간 동안 긴 잠을 자고 눈을 뜬 제임스는 달라진 세상의 모습에 깜짝 놀랐습니다.

솔직하게 말하면 달라진 것은 세상이 아니라 자기 자신이었습니다. 제임스의 몸은 날듯이 가벼웠고, 근육과 신경에는 말로는 설명할 수 없는 에너지가 꽉 채워져 있었습니다.

제임스는 고개를 돌려 자신의 어깨 뒤쪽을 바라보았습니다. 어깨 뒤쪽엔 아무것도 보이지 않았지만, 제임스는 양쪽의 어깨 근육을 움찔거려 보았습니다. 그러자 양쪽 어깨에 뭔가 분명한 기운이 느껴졌습니다. 제임스는 그것이 투명 날개일 거라고 확신했습니다.

제임스는 공간이 넓은 곳에 있는 거울 앞으로 갔습니다. 거울 앞에서 투명 날개를 최대한으로 펼쳤습니다. 그리고 날아올랐습니다. 제임스는 깊이를 알 수 없는 절망의 구멍을 한 번에 탈출했습니다.

제임스는 계속 더 높은 곳으로 날아올랐습니다. 파란

하늘이 보였고 하얀 구름이 보였습니다. 제임스는 구름보다 더 높이 올라갔습니다. 그리고 빠르게 날면서 세상을 내려다보았습니다. 두려움과 근심은 온데간데없었습니다. 세상은 신비와 환희로 가득 차 있었습니다.

이것은 단순한 상상이 아니었습니다. 그 이후로 상상은 하나하나 현실이 되어 갔습니다.

제임스는 원할 때마다 상자 안에서 돈을 만들어냈고, 또 원할 때마다 상자 안에서 사람을 구했습니다. 초콜릿 상자는 제임스가 마주치는 모든 문제를 해결해 주었습니다. 제임스를 아는 사람들은 이 모든 것이 기적이라고 말했습니다.

제임스는 초콜릿 선물상자를 가방 밖으로 꺼내었습니다. 선물상자는 어른 주먹만한 크기의 큐브 모양이었습니다. 그리고 초콜릿색 포장지에 황금색 리본을 두르고 있었습니다.

제임스는 눈을 감고 아들을 만나는 상상을 해 보았습니다. 사실은 이삼 년 전부터 아들에게 상자의 비밀을 알려주고 싶었습니다. 하지만 글자도 제대로 못 읽는 아들에게 상자의 비밀을 이해시키는 것은 어렵다고 판단했습니다.

어느새 아들은 다양한 책을 읽었고 자기의 생각을 글로 쓸 줄도 압니다. 엄마의 말에 토를 달고 아빠에게 자신의 의견을 주장하기도 합니다. 어떨 때는 다른 사람의 행동을 판단하고 비판하기도 합니다. 제임스는 이제 때가 되었다고 생각했습니다.

드디어 오늘 밤, 이 초콜릿 상자를 하나밖에 없는 아들에게 선물해 주려고 합니다. 제임스는 가슴 한쪽이 뭉클해지는 것을 느꼈습니다. 아들의 인생도 자신의 그것처럼 감동적으로 변화될 거라 생각하니 감사의 마음이 파도처럼 밀려왔습니다.

아들에게는 아빠인 제임스가 천사 역할을 할 예정입니다. 상자의 비밀을 알아듣기 쉽게 설명하는 사람이 천사입니다.

제임스는 가방에서 노트와 펜을 꺼냈습니다. 그리고 종이에다가 무언가를 쓰고 또 무언가를 그리기 시작했습니다. 제임스는 지금 아들에게 상자의 비밀을 가르쳐주는 연습을 열심히 하는 것입니다.

구름 위에 걸린 조각달이 강물 위에 비쳐 아른거렸습니다. 그 강물 위로 기다란 다리가 놓여 있었고 열차가 다리 위를 미끄러지듯 달렸습니다.

시계의 시침이 11시에 가까워지는 시각에 제임스는 집 앞에 도착했습니다.

"딩동!"

제임스는 초인종을 눌렀습니다. 그리고 선물상자를 가방에서 꺼내 몸 뒤쪽으로 숨겼습니다. 토요일이라서 아들은 자지 않고 아빠를 기다리고 있을 것입니다.

"아빠!"

예상대로 아들이 뛰어나와 반갑게 문을 열어주었습

니다.

"짠~ 선물이다!"

제임스는 아들을 보자마자 선물상자를 들이밀었습니다.

아들의 이름은 저스틴입니다. 저스틴은 피아노와 바이올린 등 악기 연주를 좋아하고, 공룡을 대단히 좋아하는 녀석입니다. 가족이 나들이할 때면 매번 새로운 공룡 피규어 하나는 사야 직성이 풀리는 녀석입니다.

요즘은 녀석이 엄마가 새로 사준 우주과학 만화전집에 푹 빠져 있는데요. 별과 은하, 우주론에도 관심을 확장하고 있습니다.

"엄마! 아빠가 선물 사 왔어!"

저스틴은 선물을 받아들고 좋아하며 엄마에게 달려갔습니다.

"뭐? 선물이라고?"

방에서 책을 읽던 엄마가 궁금해서 나왔습니다. 가족
은 선물을 가운데 놓고 거실에 모였습니다.

"아빠, 이게 뭐야? 초콜릿이야?"

저스틴이 상자를 흔들어보며 말했습니다.

"직접 풀어보렴!"

제임스가 대답하자 저스틴은 황금색 리본을 풀었습니
다. 그리고 가위도 없이 손으로 초콜릿색 포장지를 뜯었
습니다.

그랬더니 안에는 심플한 카드 하나와 파란색 종이상자
가 나타났습니다. 파란색 상자의 크기는 처음 초콜릿색
상자 크기의 절반 정도였습니다.

"에게… 뭐야?"

저스틴이 카드를 열어 얼핏 보더니 던져 버리고 곧바로 파란색 상자를 뜯었습니다. 그랬더니 이번에는 그 안에서 또 카드 하나와 보라색 종이상자가 나타났습니다. 보라색 상자의 크기는 파란색 상자 크기의 절반 정도였습니다.

"앗! 또 뭐야?"

저스틴은 귀찮은 듯 카드는 거들떠보지도 않고 바로 보라색 상자를 뜯었습니다. 그랬더니 이번에는 그 안에서 또 카드 하나와 흰색 종이상자가 나타났습니다. 흰색 상자의 크기는 보라색 상자보다 훨씬 작았습니다.

"뭐 이래? 이게 뭐야?"

저스틴의 말에는 귀찮음과 약간의 짜증이 동시에 들어 있었습니다.

저스틴은 흰색 상자를 자신의 엄지와 검지로 들어 올렸습니다. 상자의 크기는 저스틴의 엄지손가락 한 마디

크기보다도 작았습니다.

"아빠, 도대체 이게 뭐야?"

이렇게 말하는 저스틴의 표정은 짜증을 넘어 막 울음을 터뜨릴 것처럼 보였습니다.

저스틴은 흰색 상자를 눈앞으로 가져가 손톱으로 뚜껑을 살짝 열었습니다. 그러자 그 안에서 드디어 초콜릿처럼 보이는 물체가 나타났습니다.

실망하는 저스틴의 기색이 역력했습니다. 엄마도 실망한 듯 다시 방으로 들어가 버렸습니다.

저스틴은 상자 안의 초콜릿을 먹고 싶지도 않았습니다.

"간에 기별도 안 가겠네!"

저스틴은 이렇게 말하면서 흰색 상자의 뚜껑을 닫았습니다.

"아빠, 선물이 왜 이렇게 작아?"

저스틴은 서운한 듯 아빠에게 물었습니다.

"저스틴, 아빠가 준 선물은 작지 않아."

제임스는 저스틴이 들고 있는 흰색 상자를 빼앗아 들었습니다. 그리고 그 상자를 손가락으로 굴리면서 말했습니다.

"이 상자는 세상에서 가장 큰 상자야!"

저스틴은 아무 말도 못 하고 입을 반쯤 벌린 채 아빠의 얼굴을 물끄러미 쳐다보았습니다. 그리고 손가락으로 허공에 동그라미를 빙글빙글 그리면서 말했습니다.

"아빠? 혹시 이렇게 된 거 아냐?"

제임스는 그런 아들에게 조금도 화를 내지 않았습니다. 이미 예상하던 반응이었기 때문입니다.

"저스틴, 아빠 돈 거 아냐! 정말로 이 상자는 어마어마하게 큰 상자야!"

제임스가 한 번 더 강조하며 크게 말하자, 방에까지 들렸는지 엄마가 한마디를 했습니다.

"자기, 애한테 말한 게 무슨 뜻이야?"

제임스의 아내이자 저스틴의 엄마인 이 사람의 이름은 아만다입니다.

아만다는 제임스를 만나 천국과 지옥을 연속으로 경험했습니다. 유망한 사업가로 언론에 오르내리는 사람을 만나 행복 시작이다 싶었는데 불과 1년이 지나지 않아 거리에 나앉는 신세가 되었습니다.

한동안 제임스를 만난 것을 후회하고 원망했습니다. 그런데 어느 날 절망 속에 빠져 있던 제임스가 이렇게 말했습니다.

"아만다, 불행이 우리가 젊을 때 한꺼번에 닥친 거야! 정말 다행이야! 이제부터는 행복한 일들이 연속으로 일어날 거야!"

아만다가 처음 이 말을 들었을 때, 단순히 자신을 위로하기 위한 말로 받아들였습니다. 그러나 그 이후로 정말 모든 상황이 제임스의 말대로 변해갔습니다.

제임스는 그날부터 돈 빌리러 다니는 것을 그만두었습니다. 그리고 아만다가 일하는 것도 그만두게 했습니다. 제임스는 마치 로또에 당첨이라도 된 것처럼 돈 걱정에서 벗어났습니다.

그리고 제임스는 새로운 사업을 시작했습니다. 아만다는 어디서 돈이 생겨 사업하느냐고 물었지만, 제임스는 돈 없이 모든 사업을 할 수 있게 되었다는 등의 모르는 말만 할 뿐이었습니다.

제임스는 돈을 한 푼도 투자받거나 빌리지 않는다고 했습니다. 아만다는 자신이 모르는 누군가로부터 제임스가 몰래 돈을 빌리는 것은 아닌가 하고 의심하기도 했습니다. 하지만 아무리 조사해도 그렇지는 않았습니다.

제임스가 하는 모든 사업은 상식을 벗어나 있었고 불가능해 보이는 것투성이였지만, 제임스는 거침없이 사업을 벌였습니다.

아만다가 볼 때 제임스는 마치 손만 넣으면 돈이 생기는 마법의 항아리라도 가진 것처럼 보였습니다.

제임스가 하는 사업들은 신기하게도 대부분 성공했습니다. 간혹 실패하는 사업도 있기는 했지만, 제임스는 실패해도 아무런 문제가 없다고 말했습니다.

아만다는 걱정하고 불안해했습니다. 그러나 거의 모든 상황이 제임스의 말대로 이루어졌습니다. 그래서 경제적 상황이 결혼할 당시보다 훨씬 좋아졌습니다. 그런 가운데 소중한 저스틴도 태어났습니다.

제임스는 여러 가지 사업을 하고 있지만, 여유는 많은

편이었습니다. 대부분 시간을 가족과 보내고 있습니다. 이 점에 대해서는 저스틴도 알고 있고 많이 궁금해하는 편입니다.

어떻게 돈 없이 다양한 사업을 할 수 있는지, 어떻게 여러 가지 사업을 하면서도 바쁘지 않을 수 있는지. 이것은 아만다와 저스틴뿐만 아니라 제임스를 아는 모든 사람이 궁금해하는 미스터리라고 할 수 있습니다.

아만다는 내막을 자세히는 모르지만, 제임스가 하는 말과 행동이 터무니없는 것은 아니라고 분명히 알고 있습니다. 아만다는 조금 전에 자신이 한 말이 실수라는 것을 알았습니다. 곧바로 아들을 향해 큰 소리로 말했습니다.

"저스틴, 아빠는 허풍쟁이가 아니야. 어쩜 아빠는 마법사일지 몰라. 아빠 말을 더 들어보렴…."

엄마의 말을 들은 저스틴이 의아해하는 표정을 지었습니다.

"여보, 고마워!"

제임스가 아만다가 듣도록 큰 소리로 말했습니다. 제임스는 자신의 응원자로 돌아선 아내가 반가웠고 기분이 좋아졌습니다. 그리고 고개를 돌려 저스틴에게 말했습니다.

"저스틴, 우리 내기할까?"

"내기?"

호기심이 발동한 저스틴이 되물었습니다. 내기는 자신이 주로 아빠에게 거는 게임이었습니다. 오늘은 반대로 아빠가 자신에게 내기를 거니까 조금은 긴장이 되었습니다.

"그래. 내기하자."

"무슨 내기?"

"아빠 말이 맞으면 아빠가 내는 과제를 실천하기. 어때?"

저스틴은 대답하기 전에 내기가 무엇에 관한 건지 확인을 하고 싶었습니다.

"그러니까 아빠는 이 상자가 엄청 크다는 거지?"

저스틴이 초콜릿이 들어있는 작은 흰색 종이상자를 들어 보이며 말했습니다.

"그래, 맞아! 이 상자가 엄청 크다는 것이 아빠 주장이야."

저스틴은 여전히 아빠가 바보 같다는 생각을 하고 있었습니다. 그러고는 자기 방에 들어가서 비어 있는 장난감 자동차 상자를 하나 가지고 나왔습니다. 그리고 그것을 아빠에게 보이며 말했습니다.

"그럼, 이 상자보다도 커?"

저스틴이 장난감 자동차 상자를 흰색 초콜릿 상자 옆에 나란히 놓으면서 물었습니다. 얼핏 보아도 장난감 자동차 상자가 흰색 초콜릿 상자보다 백배는 커 보였습니다.

그러나 제임스는 한 치의 동요도 없이 짧게 대답했습니다.

"물론이지!"

"키키키… 좋아, 아빠! 내기하자."

저스틴은 승리의 웃음을 미리 웃으며 흔쾌히 내기를 수락했습니다. 그리고 이어서 저스틴은 아빠에게 줄 벌칙을 생각했습니다.

"아빠 말이 틀리면 앞으로 일 년 동안 아빠가 내 동생 해!"

저스틴은 동생이 없어서인지 어느 때는 동생이 있는

애들이 부러웠습니다. 동생이 있으면 심부름도 시키고 심심할 때 놀이도 같이 할 수 있을 것 같았습니다.

"으이그…."

아빠는 예상 못한 벌칙이었으므로 못마땅하다는 엄살을 부렸습니다. 그렇지만 곧 아들이 제시하는 벌칙을 받아들였습니다.

"그래, 좋아! 아빠 말이 틀리면 일 년 동안 네 동생 해줄게."

"와우! 신난다!"

저스틴이 싱글벙글하면서 말했습니다.

"저스틴, 여기에 바른 자세로 앉아 봐."

제임스가 저스틴 앞에 작은 의자를 내밀면서 말했습니다. 저스틴이 의자에 앉았습니다.

"저스틴, 잘 들어봐. 이제부터 아빠가 마법을 보여줄 거야!"

아빠의 이 말에 저스틴이 깜짝 놀라 물었습니다.

"아빠, 진짜 마법이야? 무슨 마법?"

아빠가 작은 흰색 초콜릿 상자를 손에 들어 보이며 말했습니다.

"놀라지 마. 바로 이 상자에 우주를 넣는 마법이야!"

"엉? 푸…하!"

저스틴은 또 터져 나오는 웃음을 억지로 참고 있었습니다.

"웃지 마, 저스틴! 아빠 말이 맞으면 어떻게 한다고 했지?"

"아빠가 내는 과제를 실천한다."

"좋아, 잘 기억하고 있군!"

"그런데, 그 과제가 뭔지 궁금하지 않니?"

"궁금하지 않아. 어차피 내가 이길 거니까."

"하하, 정말 그럴까? 좋아. 이제부터 우주를 상자에 넣는 마법을 시작한다. 눈을 감아라."

저스틴은 살며시 눈을 감았습니다.

'키키… 우주를 이 조그만 상자에 넣는다니? 이런 말도 안 되는 일이 일어날 리가 없지!'

이런 생각을 하면서 저스틴은 마음속으로 계속 키득거리고 있었습니다.

창가에 걸린 시계의 시침은 어느덧 12에 가까워졌고,

창밖 먼 하늘에는 유성 하나가 희미하게 꼬리를 그리면서 지나가고 있었습니다.

5장

상자의 비밀

보름달처럼 크고 둥근 전등 아래에 저스틴이 눈을 감고 의자에 앉아 있습니다.

"저스틴, 아빠랑 상상게임을 해보자."

제임스가 저스틴의 귓가에 입을 가까이 대고 말했습니다.

"상상게임? 그걸 왜 해?"

저스틴이 눈을 감은 채 말했습니다.

"저스틴, 마법을 보려면 아빠 말대로 하렴."

"좋아, 시작해."

제임스는 의자에 앉아 있는 저스틴 주위를 천천히 돌며 상상게임을 시작했습니다.

"저스틴, 아주 거대한 상자를 상상해 봐. 그 상자는 하얀색 종이로 만들어졌어."

"흰 종이로 만들어진 아주 거대한 상자를 상상하고 있어."

저스틴이 말했습니다.

"좋아, 그 상자가 얼마나 큰지 말해 주겠니?"

"우리 집만큼 커!"

"이 녀석아, 통이 너무 작잖아! 더 큰 상자를 상상해 봐!"

"알았어, 히히! 더 큰 상자를 상상하고 있어."

저스틴의 대답에는 웃음이 남아 있었습니다.

제임스는 저스틴이 지금의 상황을 장난처럼 여기고 있다는 것을 알았습니다. 제임스는 목소리를 깔고 근엄하게 말했습니다.

"저스틴, 지금 장난하는 거 아니다. 진지해라."

여전히 마음속으로 웃고 있던 저스틴은 이 말에 웃음을 뚝 멈췄습니다.

저스틴이 아는 아빠는 평소에 아이같이 장난스러웠습니다. 그래서 자신처럼 아빠도 엄마에게 매번 혼이 납니다. 저스틴은 아빠에게서 엄한 모습을 본 적이 거의 없었습니다. 그런 아빠가 지금은 너무나 진지합니다.

저스틴은 아빠 말대로 지금의 상황이 장난이 아님을 깨달았습니다. 그리고 보니 뻔히 지는 게임을 아빠가 자청했을 리가 없었습니다. 저스틴도 진지해졌습니다.

"얼마나 큰지 말해 주겠니?"

아빠가 물었습니다.

"지구만큼 커!"

저스틴의 대답에는 내심 자신의 스케일을 자랑하려는 의도가 있었습니다. 그런데 아빠는 저스틴의 스케일을 비웃기라도 하는 듯 놀라운 제안을 했습니다.

"그래, 제법 크구나! 잘 됐다. 그럼 이제부터 우리 우주 여행을 떠나보자. 저스틴, 상상은 모든 것을 가능하게 한다. 우주로 떠날 준비를 하렴."

"우주여행?"

저스틴은 적잖이 놀랐습니다. 아빠의 의도를 가늠할
길이 없었습니다.

"그래. 지구만큼 큰 상자를 보려면 우주로 가야 하지
않겠니?"

아빠가 말했습니다.

저스틴은 비행기를 타 본 적이 있습니다. 비행기에서
아래를 내려다보는 경험은 짜릿했습니다. 우주는 비행기
보다는 훨씬 더 높이 하늘을 나는 것입니다. 조금은 두렵
기도 하지만 비행기보다는 훨씬 더 짜릿할 거라는 생각
이 들었습니다.

"좋아, 아빠! 우주여행을 떠나자!"

저스틴은 아빠를 따라 마음껏 우주여행을 즐겨보기로
했습니다.

저스틴은 새하얀 우주복을 입고 우주 공간에 둥둥 떠

있는 자신을 상상했습니다. 우주복에는 초강력 로켓추진기가 달려있어서 어디든지 자유롭게 날아갈 수 있습니다.

저스틴이 준비된 것을 알았는지 아빠가 말했습니다.

"저스틴, 너는 상상만으로 크기가 변하는 마법의 종이 상자를 가지고 있다. 또 그 상자를 마음대로 이동시킬 수도 있다. 그리고 무엇이든 상상으로 만들어 낼 수 있다."

저스틴은 아빠의 말을 들으면서 점점 더 깊이 상상의 세계로 빠져들었습니다.

"저스틴, 이제 지구를 상자에 담아봐라."

아빠의 말이 최면처럼 저스틴의 뇌를 자극하기 시작했습니다.

저스틴은 로켓추진기를 가동하여 달의 표면으로 날아갔습니다. 달에서 보니 지구가 한눈에 들어왔습니다. 저스틴은 지구를 담을 수 있는 커다란 종이상자를 상상했습니다. 그러자 지구 옆에 뚜껑을 벌린 거대한 종이상자가 나타났습니다.

저스틴은 지구를 상자 안에 넣었습니다.

"오케이! 지구를… 넣었어!"

저스틴이 의기양양하게 대답했습니다.

"좋아, 잘했어! 그럼 더 큰 상자는 없을까?"

"더 큰 상자? 있어! 기다려 봐."

저스틴은 다시 로켓추진기를 가동하여 태양이 저 멀리 보이는 반대쪽으로 날아갔습니다. 그러자 어느덧 태양과 태양계의 행성들이 모두 눈에 들어왔고 저스틴은 그곳에서 멈췄습니다.

저스틴은 태양계 전부를 담을 수 있는 더 커다란 상자

를 상상했습니다. 그러자 상자의 부피가 확 커졌습니다. 저스틴은 태양계 전부를 이 상자에 넣었습니다.

"아빠, 태양계 전부를 상자에 넣었어!"

저스틴이 기분 좋게 말했습니다.

"좋아, 잘했다. 그럼 더 큰 상자는 없을까?"

"더 큰 상자? 당연히 있지! 기다려 봐."

저스틴은 또 로켓추진기를 가동했습니다. 태양계는 우리 은하 안에 있으니까 우리 은하가 한눈에 보이는 더 먼 곳으로 날아갔습니다. 한참을 날아가자 원반처럼 생긴 우리 은하가 한눈에 들어왔습니다.

저스틴은 우리 은하 전부를 담을 수 있는 더 커다란 상자를 상상했습니다. 그러자 또다시 상자가 확 커졌고, 저스틴은 우리 은하 전부를 상자에 담았습니다.

"아빠, 우리 은하 전부를 상자에 담았어! 와아~ 크다!"

"잘했다, 저스틴! 그럼 그것보다 더 큰 상자는 없을까?"

"더 큰 상자? 은하도 엄청 많으니까 은하를 모두 담으면 되지!"

"그래 그게 훨씬 더 크지! 은하를 다 담아보렴."

"오케이!"

저스틴은 우주의 모든 은하가 한눈에 들어오는 곳으로 가고 싶었습니다. 그래서 로켓추진기를 최대한으로 가동했습니다.

저스틴은 우주의 끝을 향해 끝없이 날고 있었습니다. 우주는 상상할 수 없을 만큼 큽니다. 그래서 저스틴의 여행은 시간이 걸릴 수밖에 없었습니다.

한동안 저스틴에게서 아무런 대답이 없자 아빠가 말했

습니다.

"저스틴, 어디로 가고 있는 거니?"

"모든 은하가 한눈에 보이는 우주의 끝으로 가고 있어."

저스틴의 말에 아빠가 큰일 난 것처럼 말했습니다.

"오오~ 안 돼, 저스틴! 그건 무리야! 모든 은하가 한눈에 보이는 그런 우주의 끝이 정말로 있을까?"

"왜 없어?"

저스틴이 이해할 수 없다는 듯이 말했습니다.

"저스틴! 지구는 둥그니까 지구 위에서는 땅의 끝을 볼 수가 없단다. 그럼, 우주는 어떨까? 우주 안에서 우주의 끝을 보는 게 가능할까?"

아빠의 질문을 받고 저스틴은 상상 속에서 최근에 읽고 있는 우주과학 전집을 빠르게 뒤적거렸습니다. 그러자 관련 내용이 몇 가지 보였습니다.

"맞다, 아빠! 우주의 끝은 볼 수 없어. 아인슈타인도 어느 곳에서 보나 우주의 모습은 비슷하다고 했어! 그리고 만약 우주의 끝이 있다고 해도 우주는 빛보다 빠르게 팽창하고 있기 때문에 끝을 보는 건 불가능해."

"그래, 저스틴. 지구 위에서 땅의 끝을 볼 수 없는 것처럼 우리는 우주 안에 있고, 그래서 우주의 끝을 볼 수 없단다."

"오케이, 인정해! 우주의 끝으로 가는 것은 포기할게."

"잘 생각했다, 저스틴! 그냥 그 자리에서 빗자루로 모든 은하를 상자에 쓸어 담아버리면 어떨까?"

"아! 그것 좋은 생각이네!"

저스틴은 엄청나게 큰 빗자루와 엄청나게 큰 상자를 상상했습니다. 그러자 엄청나게 큰 빗자루가 나타났고, 상자는 또다시 확 커졌습니다.

엄청나게 큰 상자와 빗자루 앞에서 은하는 모래알처럼 작아 보였습니다. 저스틴은 빗자루로 모래알처럼 많은 은하를 상자에 쓸어 담았습니다. 그리고 상자의 뚜껑을 닫았습니다.

"다… 아… 담았어! 후우~"

저스틴이 실제로 마당청소를 마친 양 숨을 헐떡거리며 말했습니다.

"수고했다, 저스틴! 잠깐 쉬면서 상자의 크기를 감상해보렴."

"오케이!"

저스틴은 상상 속에서 하얗게 빛나는 거대한 벽과 마

주하고 있었습니다. 그 벽은 오른쪽과 왼쪽, 위와 아래 사방 어느 쪽으로 보아도 끝이 보이지 않았습니다.

그때 아빠의 목소리가 들렸습니다.

"저스틴, 상자가 보이니? 상자의 크기를 말해 줄래?"

"응, 커다란 상자가 보여. 크기는⋯."

저스틴은 상자의 크기를 직접 확인해 보고 싶었습니다. 그러기 위해 다시 한 번 로켓추진기를 가동했습니다.

저스틴은 상자 벽의 표면을 타고 미끄러지듯이 날았습니다. 한참을 갔지만, 상자의 끝은 보이지 않았습니다. 저스틴은 로켓추진기를 최대한으로 가동했습니다. 어느덧 저스틴은 빛의 속도에 가깝게 날고 있었습니다. 그러나 아무리 가도 상자의 끝은 보이지 않았습니다.

저스틴이 날기를 멈추고는 아빠에게 말했습니다.

"아빠, 헉헉! 가도 가도 상자의 끝이 보이지 않아!"

저스틴은 실제로 숨이 찬 듯 헉헉거리며 말했습니다.

"좋아, 저스틴! 그럼 이 상자가 제일 크다고 생각하니?"

"당연하지. 이게 제일 큰 상자지!"

"저스틴, 어째서 그렇다고 생각하는 거지?"

저스틴은 자신의 대답에 확신이 있었습니다. 그렇지만 아빠가 한 번 더 묻는 데는 이유가 있다고 생각했습니다.

저스틴은 손가락에 침을 묻혀 종이 상자에 구멍을 뚫었습니다. 그리고 한쪽 눈을 구멍에 대고 상자 안을 들여다보았습니다. 상자 안은 수많은 은하들로 촘촘하게 뒤덮인 채 밝고 아름답게 빛나고 있었습니다.

반면에 상자 밖은 아무것도 없는 어둠뿐이었습니다.

"아빠, 상자 안에 우주의 모든 별과 은하가 다 들어왔고, 밖엔 아무것도 없으니까. 그러니까 이게 제일 큰 상자가 맞아!"

저스틴은 자신 있게 대답했습니다.

"정말 그게 제일 클까? 상자가 더 커질 수는 없을까?"

제임스는 아들의 말을 인정하지 못하는 것 같았습니다.

"어떻게 이것보다 더 커질 수가 있어?"

저스틴도 아빠의 말을 인정할 수 없었습니다.

"아냐! 더 커질 수 있어! 네가 어디 있는지 생각해 봐. 넌 지금 상자 안에 있니, 상자 밖에 있니?"

"당연히 밖에 있지. 상자 밖에서 상자를 구경하고 있어!"

"네가 상자 밖에 있다는 건 상자 밖에 공간이 남아 있다는 거야. 그 공간도 상자 안에 넣으면 상자가 더 커지지 않을까?"

아빠의 말을 듣고 저스틴은 양팔과 양다리를 이리저리 휘저어 보았습니다. 그랬더니 팔다리가 자유롭게 움직였습니다. 저스틴은 상자가 더 커질 수 있는 이유를 확실히 알았고, 아빠에게 대답했습니다.

"맞아 아빠. 상자 밖에 공간이 있는 게 확실해."

"그래, 좋아. 이제 뒤를 돌아서 상자 밖 공간이 얼마나 남았는지 확인해 볼래?"

저스틴은 상자의 벽을 짚고 뒤로 돌았습니다.

뒤에는 끝을 알 수 없는 어둠이 있었습니다.

"아빠, 깜깜해서 아무것도 안 보여. 공간이 얼마나 남았는지 알 수가 없어."

이렇게 말하는 저스틴의 목소리는 약간 겁에 질려 있었습니다. 어둠은 바위처럼 고요했고 산처럼 무거웠습니다. 저스틴은 처음 보는 거대한 어둠에 압도되었습니다. 저스틴은 공포를 느꼈습니다. 그리고 아빠에게 말했습니다.

"아빠, 무서워! 귀신 나올 거 같아!"

제임스는 아들이 어떤 상황에 있는지 알 것 같았습니다. 아들을 구해주고 싶었습니다.

"하하 저스틴, 그곳엔 귀신도 살 수 없어. 어둠은 무서운 게 아니야. 어둠은 빛을 그리는 도화지 같은 거야. 어둠이 있기 때문에 우주를 아름답게 그릴 수가 있지!"

아빠의 말을 들으니 저스틴의 마음이 한결 편안해졌습니다. 그렇지만 아직도 공포는 남아 있었습니다.

또 아빠가 말했습니다.

"아빠가 상자에 문을 만들어 줄 테니까 문을 밀어 보겠니?"

"알았어, 아빠."

저스틴은 뒤로 돌았습니다. 그러자 저스틴 눈앞에 있는 하얀 벽에 가로와 세로가 각각 1m 정도 되는 네모가 생겨났고, 그 네모의 한쪽 가장자리에 손잡이처럼 생긴 작은 동그라미가 그려졌습니다.

저스틴은 동그라미에 손을 짚고 살짝 밀었습니다. 그랬더니 정말 문이 딸각 하고 열렸습니다. 그 순간 네모난 문을 통해 상자 안의 은하수가 상자 밖 어둠을 향해 아름답게 비쳐 나왔습니다. 그것은 마치 어느 화가가 밤하늘의 풍경을 그려서 백라이트가 있는 액자에 담아 걸어놓은 것 같은 착각을 불러일으켰습니다.

별빛이 상자 밖의 어둠을 향해 설탕 가루처럼 흩날리면서 반짝거렸습니다. 완전히 검었던 어둠이 약간 옅어져서 암갈색으로 변했습니다.

저스틴은 어둠이 초콜릿 모습으로 변했다는 생각이 들었습니다. 우주복의 미세한 틈 사이로 맛있는 초콜릿 향기가 새어 들어오는 느낌이 들었습니다. 저스틴은 초콜릿을 맛본 것처럼 침을 꼴깍 삼키며 아빠에게 말했습니다.

"아빠, 어둠이 초콜릿으로 변했어!"

"초콜릿이라구? 그것 참 좋은 생각이구나! 그래, 이제부터 어둠을 초콜릿이라고 생각해 버리자!"

"오케이!"

제임스가 기분 좋게 제안했고, 저스틴도 기분 좋게 받아들였습니다.

그런데 이상한 일이 벌어졌습니다. 저스틴이 '오케이'라고 말한 그 순간부터 저스틴의 몸동작이 불편해졌습니다. 팔과 다리를 움직일 때마다 물컹거리는 액체감이 느껴졌습니다. 저스틴은 즉시 이 액체가 무엇인지 알아챘습니다.

"아빠, 야호! 상자 밖 공간이 온통 초콜릿 바다로 변했어!"

"축하한다, 저스틴! 초콜릿 바다 속을 잠수한 사람은 너밖에 없을 거다. 넌 최고의 행운아다. 하하!"

아들이 우울해 보일 때 아빠는 가끔 초콜릿을 사 주었습니다. 저스틴은 초콜릿을 먹고 나면 실제로 기분이 좋아지곤 했습니다. 저스틴에게 있어서 초콜릿은 우울함을 기쁨으로 바꿔주는 약과 같았습니다.

그래서 지금 저스틴은 기쁨의 바다 속에 빠져 있는 것입니다. 저스틴은 마냥 행복해하며 기쁨의 바다를 마음껏 헤엄치고 있었습니다.

"저스틴, 이제 그만 놀고 마저 일하도록 하자."

아빠의 말이 귀를 때리자 저스틴은 하던 일이 생각났습니다.

"아 참! 상자를 더 키워야지."

"그래, 이제 상자 밖의 초콜릿을 상자 안으로 넣기로 하자."

"오케이!"

저스틴은 초콜릿을 뜰 수 있는 커다란 바가지를 상상했습니다. 그러자 그 바가지가 손에 쥐어졌습니다. 저스틴은 초콜릿을 한 바가지 떠서 열려 있는 문을 통해 상자 안으로 던져 넣었습니다.

상자 안으로 던져진 초콜릿 액체는 사방으로 퍼져 비처럼 떨어지더니, 나중에는 안개처럼 흩어졌고, 이윽고 사르르 녹아 상자 안 모든 공간으로 스며들었습니다.

저스틴은 그 모습을 바라보며 상자 안 우주가 그만큼 달콤해졌을 거라고 생각했습니다.

저스틴은 또 한 바가지 초콜릿을 떠서 상자 안으로 던졌습니다. 저스틴은 쉬지 않고 일을 반복했습니다. 등과 이마에 땀이 흐르는 느낌이 들었지만, 저스틴은 힘이 들지 않았습니다. 힘이 들지 않는 이유는 상자 안의 우주가 점점 달콤해진다고 생각했기 때문입니다. 달콤한 우주는 생각만 해도 신나는 일이었습니다.

시간 가는 줄도 모르고 저스틴이 작업에 열중하고 있

을 때 아빠의 목소리가 들렸습니다.

"저스틴, 아직 멀었니?"

"응, 일을 끝내고 싶은데 끝나지 않아. 초콜릿이 얼마나 남았는지 알 수가 없어. 어쩌면 무한히 많이 남아 있을 것 같기도 하고…."

저스틴의 대답에는 이럴 수도 없고 저럴 수도 없는 복잡한 심경이 묻어 있었습니다. 하기야 누구라도 조금만 더 깊이 생각하면 저스틴의 마음을 읽을 수 있습니다.

처음 상자 밖 공간이 무서운 어둠이었을 때 저스틴은 그 공간의 크기가 작기를 바랐습니다. 하지만 어둠이 초콜릿으로 변하자 생각이 달라졌습니다. 초콜릿은 기분 좋은 것이기에 초콜릿 양이 많았으면 하는 바람으로 바뀌었던 겁니다.

그런데 초콜릿의 양이 한없이 많아지는 것도 저스틴에겐 곤란한 일입니다. 그렇게 되면 저스틴의 일은 영원히 끝나지 않을 것이기 때문입니다.

정확히 말해 저스틴의 몸이 점점 힘들어져 가는데도 일은 계속하고 싶은 마음이어서 난처한 상황이라고 할 수 있습니다.

"초콜릿이 무한히 많을지도 모른다고? 넌 무엇으로 작업하고 있는데?"

저스틴의 애매한 대답을 듣고 아빠가 답답해하며 물었습니다.

아빠의 단순한 말을 살펴보면 아빠는 아들의 심정을 전혀 모른다고 할 수 있습니다.

"웅, 큰 바가지로 떠서 넣고 있어!"

"으이그… 바가지로 떠서 무한할지도 모르는 초콜릿을 언제 다 퍼 넣겠니?"

저스틴의 행동이 어처구니가 없다고 여긴 제임스가 주먹으로 본인의 가슴을 탁탁 치며 말했습니다.

"비켜봐! 아빠가 무한 자동펌프로 퍼 넣을 테니!"

아빠의 말을 듣자 저스틴은 스스로 생각해도 자기의 행동이 우스운지 실소를 지었습니다.

저스틴은 바가지를 사라지게 한 다음 문에서 비켜섰습니다. 곧 커다란 펌프가 문에 달렸고 굵은 호스가 초콜릿 바다를 향해 입을 벌렸습니다. 저스틴이 펌프의 스위치를 켰습니다.

"부우웅~"

시끄러운 굉음을 내면서 펌프가 돌아가기 시작했습니다. 순식간에 초콜릿이 펌프로 빨려 들어가 상자 안의 우주로 흩뿌려졌습니다.

"저스틴, 이건 무한 자동펌프야. 무한 자동펌프는 공간의 크기가 유한하든 무한하든 상관없이 무조건 1분 만에 다 빨아들인다."

제임스는 시끄러운 펌프 소리에도 저스틴이 들을 수 있게 큰 소리로 말했습니다.

"우왓! 놀라운 펌프군!"

저스틴도 아빠가 들을 수 있게 최대한 큰 소리로 말했습니다.

"저스틴, 문 옆에서 상자 안과 밖을 잘 살펴봐라."

아빠가 또 최대한 큰 소리로 말했습니다.

아빠 말을 듣고 저스틴이 문 가까이 와서 상자 안과 밖을 번갈아 쳐다보고 있었습니다.

상자 밖의 초콜릿은 더 빠른 속도로 더 많은 양이 상자 안으로 빨려 들어가고 있었습니다. 저스틴은 상자 안의 우주가 무한히 달콤해지고 있다고 생각했고 기분은 점점 좋아졌습니다.

그때 다급한 아빠의 목소리가 저스틴의 귀를 때렸습니다.

"저스틴, 딴 생각 하지 말고, 상자를 봐라! 상자 안이 커지는 게 보이니?"

저스틴은 상자 안을 더 주의 깊게 관찰했습니다. 초콜릿 바다가 상자 안으로 쏟아지고 있어서 상자 안의 공간은 점점 커지고 있었습니다. 그래서 은하와 별들의 간격이 조금씩 벌어지고 있었고, 반대로 은하와 별의 전체적인 밝기는 조금씩 어두워지고 있었습니다. 이것은 분명 상자 안이 커지고 있다는 증거였습니다.

"응, 아빠. 상자 안은 점점 커지고 있어!"

저스틴이 큰 소리로 대답했습니다. 저스틴의 대답을 듣자마자 아빠의 질문이 또 이어졌습니다.

"그럼, 상자 밖은?"

"그야… 당연히 좁아지고 있겠지!"

저스틴은 당연한 듯 바로 대답을 했습니다.

"맞다, 저스틴! 상자 밖은 엄청난 속도로 좁아지고 있다. 조심해! 10초 남았다!"

갑작스런 아빠의 말에 저스틴은 영문을 몰랐습니다.

"10초? 그리고 뭘 조심하라는 건데?"

"바보야! 넌 상자 안에 있니, 밖에 있니?"

"어디 있긴? 밖에 있지!"

"바보야! 지금 밖이 좁아진다고 했잖아!"

"…?"

"저스틴, 어서 상자 안으로 피해!"

아빠의 목소리가 최고조로 다급했지만, 저스틴은 아무 행동도 하지 않았습니다. 그때,

"아악!"

갑자기 저스틴이 비명을 질렀습니다.

"드르륵…드르륵…."

진공청소기에 커다란 이물질이 낀 것처럼 무한 자동펌 프 엔진이 듣기 싫은 소리를 내며 멈춰 섰습니다.

"아악! 이게 뭐야?"

저스틴이 소리를 지르면서 몸을 흔들었지만, 손발이 꽉 끼어 꼼짝을 할 수 없었습니다.

저스틴의 몸은 초콜릿 물이 출렁거리는 작은 상자에 새우처럼 꼬부라진 모양으로 끼어 있었습니다. 상자의 크기는 가로와 세로와 높이가 각각 1m 정도 되었고 뚜껑이 열려 있었습니다.

"아빠! 내가 왜 상자에 갇힌 거야? 힘들어 죽겠어! 좀 빼내 줘!"

저스틴이 고통스러워하며 구조를 요청하자 제임스는

펌프를 사라지게 했습니다. 그렇지만 제임스는 곧바로 아들을 상자에서 빼내 주지 않았습니다.

"그러게. 아빠가 뭐랬니? 정말 한심하구나!"

제임스는 이렇게 말하면서 못마땅한 아들에게 벌을 주는 것처럼 상황을 지켜볼 뿐이었습니다.

"아빠, 왜 빨리 안 구해줘?"

저스틴이 힘들어하며 한 번 더 구조요청을 했습니다. 하지만 제임스는 여전히 구조를 보류한 채 말했습니다.

"저스틴, 넌 좀 더 벌을 받아야 해! 아빠가 분명 상자 밖이 좁아진다고 했고, 어서 상자 안으로 탈출하라 했는데 왜 탈출하지 않았지? 뭐가 잘못됐는지 말해 주겠니?"

"아빠, 뭐가 뭔지 모르겠어! 어서 날 상자 안에서 빼내 줘!"

"뭣? 상자 안에서 빼내주라고? 이게 바로 너의 잘못이야! 네가 지금 상자 안에 있는지, 밖에 있는지 똑바로 말한다면 구해줄게."

"난 지금 상자 안에 갇혀 있는 거잖아!"

"저스틴, 지금 이 말 때문에 네가 벌을 받는 거다. 네가 처음에 상자 안에 있었니? 밖에 있었니?"

"밖에 있었지!"

"그래, 밖에 있었다. 그런데 안으로 들어간 적이 있니? 아빠가 안으로 피하라 했지만 넌 피하지 않았잖아!"

"앗, 맞다! 난 상자 안으로 들어간 적이 없어! 아빠, 그렇담 난 지금 상자 밖에 갇혀 있는 거야?"

"그래, 넌 여전히 상자 밖에 있고, 상자 밖에 갇혀 있는 거야. 그럼, 정확하게 구조요청을 다시 해 봐."

저스틴은 본인의 잘못이 무엇인지 확실하게 알았습니다. 그래서 세 번째 구조요청은 예외적으로 높임말을 썼습니다.

"아빠, 제발 상자 밖에서 절 좀 빼내 주세요! 제발요…."

저스틴은 기도하는 듯이 간절하게 말했습니다.

저스틴의 기도가 전달된 것인지 저 멀리 우주의 반대편에서 밝은 빛이 날아오더니 저스틴이 갇힌 상자 앞에 멈췄습니다.

저스틴은 초콜릿 범벅 안에서 느낌으로 그 빛을 감지했고, 그 빛이 아빠일 거라고 확신했습니다.

저스틴의 예상이 맞았습니다. 빛이 꺼지더니 우주복을 입은 어른이 '짠!' 하고 나타났습니다.

"안녕? 저스틴!"

생생하게 들리는 이 목소리는 분명 아빠의 목소리였습니다. 현실 세계에 있던 아빠가 아들을 구하기 위해 상상의 세계 안에 몸을 나타낸 것입니다.

제임스는 저스틴의 팔과 다리를 잡아 조심스럽게 당기면서 상자 밖에 있던 아들을 빼내었습니다. 원래 흰색이던 저스틴의 우주복은 온통 초콜릿이 묻어 흰 색깔이라곤 찾아볼 수 없었습니다.

제임스는 상상으로 샤워기를 만들어 저스틴을 씻겨 주었습니다. 새하얀 우주복이 드러났고 저스틴의 얼굴도 선명하게 볼 수 있었습니다.

"저스틴, 상자를 봐라."

아빠의 말을 듣고 저스틴은 옆으로 눈을 돌려 상자를 봤습니다. 저스틴이 언뜻 보기에 상자 밖 색깔은 하얀색이었고, 상자 안 색깔은 초콜릿색이었는데 아직 초콜릿이 반쯤 남아 있었습니다. 상자는 생각보다 좁아 보였습니다. 그런데, 이것은 또 저스틴의 착각이었습니다. 사실로 말하면 상자 안 색깔이 하얀색이고, 상자 밖 색깔이 초콜릿색인 것입니다. 반쯤 남은 초콜릿은 정확히 말해 상자 밖에 있는 것입니다.

"이 작은 상자 안에 갇혔었다니 끔찍해, 아빠!"

저스틴이 미간을 찌푸리며 말했습니다.

저스틴의 말을 듣고 아빠가 깜짝 놀라 말했습니다.

"뭐? 작은 상자 안에 갇혔었다고? 너의 이 말에는 심각한 오류 두 개가 있어! 잘 생각해 보고 말해 봐. 안 그러면 또 상자에 갇히는 벌을 받게 될 거야."

저스틴은 뜨끔 놀라며 자신이 한 말에서 오류 하나를 찾아 말했습니다.

"앗! 내가 또 상자 안이라고 했구나! 상자 안이 아니라 상자 밖에 갇혔다고 정정할게."

"그래, 맞다! 또 하나의 오류는?"

저스틴은 머뭇거리고 있었습니다. 아무리 생각해도 다른 오류는 없는 것 같았습니다.

저스틴의 대답을 기다리다 못해 제임스가 말했습니다.

"'작은 상자'에서 '작은'이 틀렸다. 상자가 왜 작다고 생각하는 거니?"

아빠의 말을 들었지만, 저스틴은 이해가 되지 않았습니다. 지구를 담고, 태양계를 담고, 은하계를 담은 상자에 비하면 지금 이 상자는 형편없이 작은 것이 분명했습니다.

"아빠, 아까보다는 당연히 작아졌잖아!"

"저스틴! 넌 지금 엄청난 착각을 하고 있어!"

제임스는 딱 잘라 말했습니다. 하지만 저스틴은 아빠

야말로 엄청난 착각을 하고 있다고 생각했습니다. 그때 아빠의 말이 이어졌습니다.

"저스틴, 지금 우리가 상자를 크게 만드는 게임을 하고 있는 거니? 아니면 작아지게 만드는 게임을 하고 있는 거니?"

"…?"

저스틴은 이번에도 쉽게 답을 하지 못했습니다. 생각해보니 지금까지 상자의 크기를 계속 키우는 게임을 해왔습니다. 아빠는 상자의 크기가 커졌냐고 물었고, 그때마다 저스틴은 상자가 더 커졌다고 말했습니다. 상자가 작아진 적은 한 번도 없었습니다.

그런데 참으로 이상한 것은 저스틴은 지금 작은 상자를 보고 있는 것입니다.

"아빠, 이상해! 아빠 말대로 상자는 점점 커져 왔는데, 난 왜 지금 작은 상자를 보고 있을까?"

저스틴은 혼란스러워 울음이 나올 것만 같았습니다. 그때 제임스가 말했습니다.

"괜찮다, 저스틴! 아빠가 이유를 말해줄게. 그것은 우리들의 고정관념 때문이란다. 우리는 작은 쪽을 안이라고 생각하는 고정관념을 갖고 있다. 안은 좁고 밖은 넓다는 생각에 사로잡혀 있었어. 밖이 좁고 안이 넓은 경우를 한 번도 상상하지 않았던 거야."

아빠의 설명을 듣고 저스틴은 확실히 이유를 깨달았습니다. 그리고 입가에 미소를 지으며 말했습니다.

"맞아, 아빠! 밖이 작을 수도 있다고 생각하니까 이제는 이해가 돼!"

"잘 이해했다!"

아빠도 웃으며 맞장구를 쳤습니다. 저스틴이 계속 말을 이었습니다.

"상자 안은 계속 커졌고, 상자 밖은 계속 작아졌어. 그래서 지금은 상자 밖이 내 몸이 겨우 들어갈 정도만 남은 거야."

"맞다, 저스틴. 그럼 그 상자가 작은 거니, 큰 거니? 잘 생각하고 말해 볼래?"

아까는 작다고 말했다가 오류인 걸 알았고, 그렇다면 이 상자는 엄청 큰 상자인 게 맞는 것입니다. 그런데 이상한 것은 이게 엄청 큰 상자라면 한눈에 들어오지 않아야 하는데 실제로는 한눈에 들어온다는 점입니다. 한눈에 들어오면 상자가 작다는 뜻입니다.

저스틴은 그냥 '상자가 커!'라고 대답하고 싶었습니다. 그러면 아빠는 '왜 큰데?'라고 물어볼 것이 뻔했습니다. 그래서 저스틴은 계속 망설이고 있었습니다.

제임스는 아들이 무엇을 혼란스러워하는지 잘 알고 있었습니다. 그래서 힌트를 하나 주기로 했습니다.

"저스틴, 우리가 보통 어떤 상자의 크기가 '크다' 또는 '작다'고 말할 때 상자 안을 보고 말하니 아니면 밖을 보고 말하니?"

"당연히 안을 보고 말하지."

"그래, 저스틴! 상자의 크기는 안의 크기를 보고 말하면 돼!"

아빠의 힌트를 듣자 저스틴의 혼란이 일시에 사라졌습니다. 상자 안은 계속 커져 온 우주가 상자 안으로 들어왔고 자신도 지금 상자 안에 있는 것이 분명했습니다.

"아하! 이 상자는 엄청 크다! 우주만큼 크다!"

저스틴이 기뻐서 큰소리로 외쳤습니다.

"잘했다, 저스틴. 상자는 엄청 크다. 상자 안은 점점 커져 왔고, 상자 밖은 점점 작아져 왔으니까. 상자 밖 빈 공간이 이 초콜릿 양만큼 남은 거다."

이렇게 말하면서 제임스는 상자를 흔들었습니다. 상자 밖에 있는 초콜릿 물이 출렁거렸습니다. 제임스는 상자의 뚜껑을 닫았습니다. 그러고는 닫힌 뚜껑의 한쪽 귀퉁이를 '탁' 친 후에 저스틴을 향해 두 손바닥을 펴 보이면서 말했습니다.

"여기, 너와 내가 있는 곳이 상자 안이다. 가장 큰 상자는 가장 작은 상자와 겉모양이 같다. 하지만 두 상자는 안과 밖이 바뀐 완전히 다른 상자다. 크기가 같아 보이지만 이건 완전한 착각이지. 하나는 엄청 작고, 하나는 엄청 크다. 알겠니?"

저스틴은 아빠가 수학문제를 풀어주는 수학 선생님처럼 보였습니다. 아빠의 설명은 명쾌했고, 저스틴의 귀에 쏙쏙 들어왔습니다. 아빠는 계속 말을 이었습니다.

"저스틴, 하나의 상자는 사실은 두 개의 상자란다. 상자의 안과 밖을 바꾸면 되거든… 상자가 작다고 생각되면 안과 밖을 바꿔버려라. 그러면 그 즉시 상자는 우주를 담은 엄청 큰 상자가 된단다."

저스틴은 아빠가 멋진 선생님처럼 보였고, 아빠의 설명도 신비롭고 아름답게 느껴졌습니다. 저스틴은 아빠를 향해 엄지척을 했습니다. 아빠는 얼굴에 흐뭇한 표정을 그렸습니다. 그리고 초콜릿이 든 상자를 짚으며 다시 한 번 저스틴에게 물었습니다.

"저스틴, 이 상자가 큰지, 작은지 다시 한 번 확실하게 말해주겠니?"

"이 상자는 안과 밖이 바뀌었다. 그래서 당연히 이 상자는 엄청 크다! 우주만큼 크다!"

저스틴이 주먹을 불끈 쥐고 자신 있게 대답했습니다.

"좋다, 저스틴! 그런데 상자가 이것보다 더 커질 순 없을까?"

제임스가 다시 물었습니다. 그러자 저스틴이 바로 대답했습니다.

"당연히 더 커질 수 있지. 상자 밖에 있는 초콜릿을 모두 상자 안으로 들이면 되니까. 그러면 아마 상자가 점으로 보일 것 같은데?"

저스틴은 이제 상자의 안과 밖을 혼동하지 않았습니다. 그리고 상자의 크기도 혼동하지 않았습니다. 저스틴은 안과 밖이 바뀐 상자는 점으로 보일 때 가장 큰 상자임을 분명하게 알고 있었습니다. 제임스는 안심이 되었습니다.

"당연히 그래. 우주에서 가장 큰 상자는 점이 된단다. 그렇지만 점을 가지고 다니기는 어렵지 않겠니? 점은 보이지도 않고 만질 수도 없으니까 말이야. 나라면 상자를 호주머니에 동전처럼 넣고 다닐 수 있으면 좋을 것 같은데 말야, 어때? 상자 밖에 초콜릿을 한 입 정도만 남기고 상자를 최대한 크게 만들어 보자."

"오케이!"

저스틴은 겉모양이 자신의 손톱만한 상자를 상상했습

니다. 그러자 상자 밖의 초콜릿이 뚜껑 틈을 비집고 상자 안으로 들어오기 시작했습니다. 상자 밖이 점점 작아지고 있었기에 상자의 겉모양도 점점 작아지고 있었습니다.

"저스틴, 조금만 더, 조금만 더…."

제임스는 저스틴 옆에서 상자의 크기를 조율하고 있었습니다.

이윽고 상자의 크기는 그날 밤 아빠가 갖고 온 하얀색 초콜릿 상자와 같은 크기만큼 되었습니다.

"됐다, 저스틴. 이 정도가 적당해!"

제임스가 소리쳤습니다. 그러자 저스틴이 상자를 키우는 상상을 멈추고 말했습니다.

"맞아, 아빠. 이 정도면 상자가 최대한으로 커졌어. 더 커지면 잃어버리기 쉬울 거야."

제임스와 저스틴 사이에 우주에서 가장 거대한 상자가 손톱만한 하얀 점이 되어 둥 떠 있습니다. 이 상자의 밖은 작은 초콜릿 한 덩어리이고 상자 안은 온 우주입니다.

저스틴은 자신의 상상력을 총동원하여 이 상자를 만들었고, 이것이 우주에서 가장 거대한 상자라는 것에 대해 조금의 의심도 없었습니다. 상자를 바라보는 저스틴의 눈빛은 자신이 갓 낳은 아기를 처음 안아보는 엄마의 마음처럼 감격스러웠습니다.

가장 작은 상자가 드라마 같은 반전을 거치면서 우주를 담은 가장 거대한 상자로 탈바꿈했습니다. 상상조차 불가능한 그런 일이 벌어졌습니다.

저스틴은 아무런 말도 할 수 없었습니다. 저스틴은 생각했습니다. 이 상황을 어떻게 표현해야 할까? 저스틴의 머릿속에는 오직 하나의 단어만 떠올랐습니다. 마법! 한 마디로 이건 마법이라고밖에 표현할 길이 없었습니다.

"…아빠, 이건 마법이야!"

상상 세계의 제임스는 그런 아들의 모습을 흐뭇하게 바라보다가 상자를 두 손가락으로 집었습니다. 그리고 아들에게 말했습니다.

"저스틴, 만져 봐라. 이것이 바로 그 상자다."

이렇게 말할 때 상상 세계의 제임스는 현실 세계의 제임스와 하나가 되었습니다.

현실 세계의 제임스는 자신이 가지고 있던 흰색 초콜릿 상자를 현실 세계의 저스틴 왼손에 쥐어주었습니다. 그러자 현실 세계의 저스틴은 상자의 감촉을 느끼면서 상상 세계의 저스틴과 하나가 되었고, 동시에 상상 세계의 초콜릿 상자는 현실 세계의 초콜릿 상자와 하나가 되었습니다.

제임스가 조용히 물었습니다.

"저스틴, 네가 지금 들고 있는 상자 안에 뭐가 들어있는지 말해 볼래?"

"당연히 초콜릿이…."

"뭐? 상자 안에 초콜릿? 너, 정말 정신 안 차릴래?"

제임스가 저스틴의 말을 끊고 갑자기 화를 내자 저스틴이 또 한 번 뜨끔해하며 머리를 흔들었습니다.

"초콜릿이 아니고…."

"아니고… 뭐?"

제임스는 저스틴이 또 혼동하는 줄 알고 불안했습니다. 저스틴은 또 혼동할 뻔했지만 일부러 아빠를 골려주려고 한 것처럼 말을 바꾸었습니다.

"아니고… 이 상자엔 우주가 들어 있다!"

저스틴이 말했습니다.

제임스는 안심이 되었습니다. 그리고 아들에게 한 번

더 확인해 주고 싶었습니다.

"맞다, 저스틴. 이 상자엔 우주가 들어 있다. 그리고 너
와 나도 이 상자 안에 있다. 그래서 이 상자는 우주에서
가장 거대한 상자인 거야. 그럼 초콜릿은 어디에 있는 거
지?"

"그야 당연히... 초콜릿은 상자 밖에 있지."

저스틴은 아빠의 말이 확실하게 이해되었습니다. 그
런데 그 순간 감전이 된 것처럼 온몸에 전율이 일어났습
니다.

6장

우주의 주인

"근데, 아빠! 우주가 든 상자를 내가 손에 쥐고 있다는 게 믿기지 않아!"

저스틴은 지금 이 상황이 너무나 신기했고, 그래서 아빠에게 말했습니다.

"저스틴, 믿기지 않지만 이건 사실이야. 도저히 상상할 수 없는 일이 일어난 거야. 그래서 이건 네 말대로 마법인 거다."

"맞아, 아빠. 이건 분명 마법이야!"

이번에는 저스틴이 아빠의 말에 맞장구를 쳤습니다.

제임스는 저스틴이 마법을 받아들인 사실이 흐뭇했습니다. 제임스는 저스틴에게 질문을 하나 더 던졌습니다.

"저스틴, 우주가 들어 있는 거대한 상자를 쥐고 있는 기분이 어떠니?"

"아빠, 내가 우주의 주인이 된 기분이야!"

"우주의 주인?"

"웅, 내가 우주가 든 상자를 쥐고 있으니까 당연히 우주의 주인이지 뭐야! 이렇게 신나는 기분은 처음이야!"

제임스는 저스틴의 기분을 충분히 알 수 있었습니다. 제임스도 천사로부터 설명을 들었을 때 그런 기분을 느꼈기 때문입니다.

"좋아, 저스틴! 우주의 주인이 된 기분을 마음껏 즐겨

볼까?"

제임스는 저스틴의 손을 잡고 저 멀리 성운이 아름다운 곳으로 날아갔습니다. 날아가면서 보는 우주의 배경색은 자수정처럼 신비로웠습니다. 그 속에서 별들은 더 황홀하게 빛나고 있었습니다.

저스틴은 우주가 더 아름답게 보이는 것은 자기가 상자 밖에서 퍼 담은 초콜릿 때문일 거라고 생각했습니다.

"아빠, 우주가 초콜릿처럼 달콤하게 변했어!"

저스틴이 말했습니다.

"맞아! 네가 그렇게 한 거야! 너뿐만 아니라 우주의 모든 생물들이 행복을 느낄 거야!"

제임스와 저스틴은 우주의 아름다움을 마음껏 감상했습니다.

"아빠, 지구로 가 보자!"

저스틴이 아빠의 팔을 잡아당기면서 말했습니다.

"그래, 지구는 어떻게 달라졌는지 궁금하구나. 자, 지구를 향해 출발~"

제임스와 저스틴은 슈퍼맨처럼 두 팔을 쭉 뻗었습니다. 그리고 지구를 향해 빛의 속도로 날았습니다. 곧 태양이 보였고, 태양 근처에 아주 작은 초록 빛깔 행성이 보였습니다.

"아빠, 저기 지구다!"

저스틴이 기뻐하며 말했습니다.

"지구는 정말 아름답구나! 우리 지구를 좀 더 감상해 볼까?"

"좋아!"

제임스와 저스틴은 지구 대기권 가까이 날아갔습니다. 태양이 보이고, 대륙이 보이고, 사막이 보이고, 숲이 보였습니다. 지구는 어린아이의 눈동자같이 깊은 신비를 품고 있었습니다.

저스틴과 제임스는 지구를 다섯 바퀴나 돌면서 지구의 아름다움을 마음껏 감상했습니다.

그런 후에 제임스와 저스틴은 지구의 대기권으로 들어갔습니다. 대기권에 들어서자 구름이 보이고, 산이 보이고, 빌딩들이 보이기 시작했습니다.

제임스와 저스틴은 구름보다 약간 낮은 높이를 유지하며 하늘을 날았습니다. 초콜릿 내음은 지구의 하늘에도 싱그럽게 배어 있었습니다.

저 멀리 장난감 같은 집이 보이고, 개미처럼 작게 자동차가 보이고, 미생물처럼 작은 사람들의 모습이 보였습니다.

"저스틴, 우주의 주인이 되어 지구를 보니까 기분이 어떠니?"

아빠의 말을 듣고 저스틴은 더 세심하게 땅 위의 세상을 관찰했습니다. 지구의 자연은 너무나 아름다웠습니다. 사람들이 열심히 일하는 모습이 너무 고마웠습니다.

"아빠, 지구가 너무 아름답고 열심히 일하는 사람들이 무척 고맙게 느껴져!"

감격에 젖은 듯 저스틴이 말했습니다.

"우주의 주인은 모든 걸 다 가진 사람이란다. 모든 사람은 너의 우주가 유지되도록 노력하고 관리하는 고마운 존재란다. 슬퍼하거나 실망할 일은 없어. 모든 사람에게 감사하면서 우주의 아름다움을 마음껏 누리면 된다."

저스틴은 아빠의 말에 가식이 없음을 알고 있었습니다. 삶을 놀이처럼 사는 천진난만한 아빠의 모습을 평소에 봐왔기 때문이었습니다.

제임스는 계속 말을 이었습니다.

"가끔 우주에 문제가 발생한단다. 그 문제는 새로운 장난감을 만나듯 네가 즐겁게 풀어야 할 놀이란다."

제임스가 진지하게 말했습니다.

"저스틴, 더 가지려고 애쓰지 마라. 우주의 주인은 이미 모든 것을 가지고 있으니까. 단지 더 멋진 우주를 만들기 위해 노력하고 우주에 있는 모든 자원을 자유롭게 활용하면 된다."

"어떻게 활용하면 될까?"

저스틴이 아빠에게 이렇게 물었을 때 두 사람은 고층 빌딩 숲 위를 날고 있었습니다. 땅 위의 몇몇 사람들이 그들을 발견하고 손짓을 하며 쳐다보고 있었습니다.

"저스틴, 그저 네가 우주의 주인임을 확고하게 믿으면 된다. 늘 이 상자를 가지고 다니면서 그것을 생각해라.

우주의 주인은 세상을 한눈에 본다. 그리고 그 안에 있는 문제와 아이디어를 쉽게 찾는다. 우주의 주인은 황제보다도 큰 사람이다. 두려움도 없고 불가능도 없다. 저 아래 보이는 수많은 기업과 시설들은 너를 위해 존재하는 것이란다. 나라의 경찰과 군인 그리고 모든 사람은 네가 우주를 더 멋지게 만드는 것을 도와줄 준비를 하고 있다. 너는 그저 더 멋진 우주를 상상하고 그 방법을 찾아 사람들의 협조를 요청하면 된다. 너의 마음이 진심이라면 모두가 기꺼이 도와줄 거다."

제임스는 한 손으로 아들의 손을 잡고 다른 한 손으로 아래의 세상을 가리키면서 진지하게 말했습니다. 저스틴은 아빠가 정말 멋지다고 생각했습니다.

두 사람은 바다를 건넜습니다. 그러자 익숙한 자연경관이 눈에 들어왔습니다.

"아빠, 우리나라 위를 날고 있어!"

저스틴이 반가워하며 말했습니다.

"그렇구나. 우리나라다. 엄마가 보고 싶지 않니? 이제 집으로 가자."

제임스는 저스틴의 팔을 잡아당기며 방향을 틀었습니다. 산맥을 몇 개 넘어가니 호수와 강이 많은 도시가 보였습니다. 바로 스프링시티입니다.

"아빠, 저기 우리 집이다!"

저스틴이 손으로 자기 집을 가리키며 말했습니다.

두 사람은 고도를 낮췄습니다. 집 가까이 오자 거실 창문이 활짝 열렸습니다. 두 사람은 창문을 통과하여 집 안으로 사뿐히 들어갔습니다.

"저스틴, 이제 눈을 떠라."

현실 세계로 돌아온 제임스가 눈을 감고 있는 저스틴의 어깨를 살며시 흔들면서 말했습니다. 그러자 저스틴이 슬며시 눈을 떴습니다. 저스틴도 현실 세계로 돌아온 것입니다.

현실 세계로 돌아왔지만, 저스틴은 멍하니 앉아 있기만 했습니다. 눈을 떴지만 세상에 처음 나온 것처럼 현실이 낯설게 느껴졌습니다.

저스틴은 오늘의 상상여행이 현실보다 더 현실 같다는

생각이 들었습니다. 이렇게 황홀한 경험은 꿈속에서도 한 적이 없었습니다.

"저스틴, 네 손에 든 걸 봐봐!"

제임스가 저스틴의 어깨를 톡 치며 말했습니다. 저스틴이 고개를 떨구어 자신의 양손을 찾았습니다. 오른손은 펴져 있었고 왼손은 쥐어져 있었습니다. 저스틴은 왼손을 조심스럽게 폈습니다. 그러자 아주 작은 하얀색 상자가 나타났습니다.

"어…?"

저스틴이 놀라자 아빠가 다시 말했습니다.

"저스틴, 그게 뭔지 말해 줄래?"

"우… 주… 상자…."

"우주가 든 게 확실해? 저스틴?"

"응, 확실해! 우주가 든 상자가 맞아!"

저스틴의 말을 듣고 아빠가 입가에 미소를 띠며 말했습니다.

"아빠가 이 상자에 우주를 넣은 것을 인정하니?"

"인정해!"

"좋아, 저스틴. 네 입으로 이 상자가 얼마나 큰지 직접 말해 보겠니?"

"이 상자엔 우주가 들어 있고, 우주에서 가장 큰 상자야!"

저스틴이 자신의 입으로 분명하게 말했습니다.

"그럼, 아빠가 이긴 거 맞지?"

"응, 아빠가 이긴 거 맞아!"

저스틴이 약간 풀이 죽은 채 대답했습니다.

"괜찮아, 저스틴! 이 상자는 이제부터 네 거야!"

제임스는 아들 손에 상자를 꼭 쥐여 주며 말했습니다.

"아빠가 너한테 준 선물이 뭐지?"

"우주지! 우주야!"

"그래, 저스틴. 아빠는 네게 우주를 선물한 거야. 이보다 더 크고 값진 선물이 있을까?"

"없어, 없지! 이보다 크고 값진 선물은 세상에 없어!"

저스틴이 밝게 웃으며 말했습니다.

"저스틴, 명심해라. 넌 이제부터 우주의 주인이다. 우주가 네 안에 있다. 이 상자가 그 증거다. 명심해. 이제 우주의 운명은 너한테 달려 있음을…."

제임스는 저스틴 앞에서 주먹을 꼭 쥐어 보이며 말했습니다.

"약속한 대로 아빠가 내일부터 우주의 주인만이 할 수 있는 9개의 과제를 내어줄 거다. 이 과제를 수행하다 보면 몸에 초능력이 쌓이고 누구도 할 수 없는 불가능한 일을 하게 된다."

"아빠, 그게 뭐든 할 수 있을 거 같아! 난 우주의 주인이니까!"

저스틴의 대답은 거침이 없었고, 몸과 마음이 완전히 달라져 있었습니다. 제임스는 그런 아들의 모습을 보며 흐뭇하게 웃었습니다.

저스틴은 손바닥에 흰색 초콜릿 상자를 올려놓고 혼자서 상상여행을 재현해 보았습니다.

이 상자에 우주가 들었고, 세상에서 가장 거대한 상자라는 믿음이 더 확고해졌습니다. 저스틴은 신선처럼 평

화로운 미소를 지었습니다. 저스틴은 상자를 손아귀에 쥐었습니다. 그리고 하늘을 향해 두 팔을 힘차게 펼쳤습니다.

"만세! 우주를 선물 받았다! 만세!"

저스틴이 환호성을 질렀습니다. 그리고 엄마에게 달려가며 큰 소리로 말했습니다.

"엄마! 아빠가 우주를 선물로 줬어! 난 이제부터 우주의 주인이야!"

"여러분! 이제 시간이 되었습니다. 모두 정숙해 주십시오. 이제 곧 저스틴 군의 발표가 시작되겠습니다."

마이크 소리가 강당 내부의 공기를 흔들었습니다.

제임스는 회상에서 깨어나 무대 위를 바라보았습니다. 시간이 오후 1시 정각이 되었고, 해리 선생님이 단 위에 서서 마이크를 잡고 행사의 시작을 알리고 있었습니다.

제임스는 강당의 맨 앞줄 가운데에 앉아 있었습니다. 고개를 돌려 뒤를 돌아보았습니다. 강당에는 빈자리가 없었습니다. 자리가 모자라서 많은 사람이 통로에 앉아 있기도 하고 뒤에 서서 있기도 했습니다. 아이들의 모습도 군데군데 보였습니다. 모든 사람이 숨을 죽인 채 저스틴이 나오기를 기다리고 있었습니다.

강당 무대에 커다란 스크린이 내려오고 프로젝터 불빛이 스크린을 비추었습니다. 스크린 위에는 다음과 같은 제목이 쓰여 있었습니다.

[초콜릿 상자의 비밀]

제목 위에는 작은 초콜릿 상자 이미지가 붙어 있었습니다.

잠시 후 저스틴이 등장하자 사람들이 박수로 환영했습니다. 저스틴은 청중을 향해 정중하게 인사를 하고 마이크를 들었습니다. 무대 위의 모든 조명이 저스틴을 비추고 있었습니다. 청중들이 생각보다 많이 온 것을 알고 있었지만, 조명 때문에 청중들의 얼굴은 잘 보이지 않았습니다.

음악회에서 연주가 시작되기 직전처럼 고요함 속에서 간간이 사람들의 헛기침 소리가 들렸습니다.

저스틴은 바지 주머니에서 초콜릿 상자를 꺼내 왼손에 쥐었습니다. 그리고 오른손으로 마이크를 잡고 입을 가까이 댔습니다.

"후우 후우~"

저스틴이 숨 고르는 소리가 마이크로 들어가서는 곧바로 스피커를 통해 흘러나왔습니다.

이윽고 저스틴의 첫 마디가 시작되었습니다.

"여러분, 마법이 있다고 믿으십니까?"

제임스는 그런 아들의 모습을 경이롭게 바라보고 있었습니다.

에필로그

"난 마법이 있다고 믿어. 있다고 믿어. 믿어…."

남루한 차림의 아저씨가 이렇게 중얼거리며 사람들로 붐비는 쌀쌀한 겨울 거리를 방황하고 있었습니다.

아저씨는 청바지에 두꺼운 점퍼를 입고 있었고, 표정은 어두워 보였습니다. 아저씨는 거리를 두리번거리다가 작은 초콜릿 가게로 들어갔습니다. 그러고는 진열된 초콜릿들을 하나하나 꼼꼼하게 살폈습니다.

"좀 더 특별한 초콜릿은 없나요?"

아저씨가 계산대에 서 있는 점원 아가씨에게 물었습니다.

"누구에게 선물하실 건가요?"

"저한테 선물할 겁니다."

"네? 손님에게요?"

점원 아가씨가 놀라는 표정을 지으며 손님에게 되물었습니다.

"예, 제가 요즘 큰 실의에 빠져 있어서요. 전 우울할 때 초콜릿을 먹으면 기분이 좋아집니다. 그런데 이번에는 너무 큰일을 당해서 일반 초콜릿으로는 어림도 없을 거 같아서요. 아주 특별한 초콜릿이 필요합니다."

"네… 어떤 일을 겪으셨는지 잘 모르겠지만 아주 특별한 초콜릿이 하나 있긴 있습니다만…."

"아! 그런 게 정말 있나요? 있을 거라 생각했는데 정말 있군요. 신기합니다. 어디에 있나요?"

아저씨가 모처럼 밝은 표정을 지으며 말했습니다.

"죄송합니다만… 손님, 여기엔 없습니다."

"여기엔 없다고요?"

아저씨가 다시 어두운 표정을 지으며 말했습니다.

"그 초콜릿은 인터넷으로만 판매합니다. 저도 우연히 인터넷에서 검색하다 알게 되었는데요, 정말 특별한 초콜릿이었습니다."

"어떻게 특별한지 조금 더 자세히 말씀해 주시면 안 될까요?"

"네… 일단 값이 터무니없게 비쌌는데요, 그렇게 비싼 데도 사는 사람들이 있어서 신기했습니다."

"비싼데도 팔린다? 혹시 마약상들이나 사기꾼들이 파는 초콜릿은 아닌가요?"

"그런 것은 아닌 것 같았습니다. 그랬다면 벌써 신고가 들어가서 경찰들이 잡아갔겠죠?"

"혹시 그 초콜릿을 산 사람을 주변에서 본 적이 있나요?"

"제 지인 중에는 없습니다만… 그 초콜릿을 산 사람들의 후기가 사이트에 많이 있더군요."

"아! 구매 후기 말이군요."

"네. 그 초콜릿을 산 후에 연인의 사랑을 얻었다거나, 사업이 성공했다거나, 베스트셀러 작가가 되었다는 등의 이야기들이 올라와 있었습니다. 저는 다소 황당했지만요."

"맛에 관한 것이 후기로 올라오는 것이 아니고요?"

"네. 맛에 관한 후기는 거의 없었습니다. 사람들이 아까워서 먹지 못하고 보관만 하는 것처럼 보였거든요."

"정말 이상하군요! 정말 사기꾼 집단은 아닐까요?"

"사이트에 보니까 구매 후 30일 이내에 환불을 보장한다고 되어 있는 걸 보면 확실히 그런 건 아닌 것 같습니다만⋯."

"정말 궁금하군요!"

"제가 인터넷 주소를 적어드릴 테니 직접 들어가 보시겠어요?"

"네, 고맙습니다. 그건 그렇고 이 가게에 있는 초콜릿 중 하나를 추천해 주시겠어요? 말씀이 고마워서 하나를 살까 합니다."

"손님, 감사합니다. 저는 이것을 추천합니다."

"네. 이 초콜릿을 소중한 정보를 주신 그대에게 선물합니다. 받아주십시오."

"오오~ 손님, 영광입니다. 감사합니다."

"하하, 제가 더 감사하죠."

아저씨는 점원 아가씨가 건네준 쪽지를 들고 가게를 나왔습니다. 그리고 근처에 있는 커피숍으로 들어갔습니다.

커피숍에서 좋아하는 커피 한 잔을 주문하여 받은 후 한산한 구석 자리에 앉았습니다.

'오늘은 정말 행운의 날이 될 것 같군!'

아저씨는 즐거운 일을 상상하며 입가에 엷은 미소를 지었습니다. 그리고 커피 향을 음미하며 뜨거운 커피 한 모금을 입 속에 머금었습니다.

'오늘따라 커피 맛도 좋은 걸….'

아저씨는 커피를 한 모금 더 마시면서 이상한 기분이
들었습니다. 문득 창밖으로 시선을 돌렸습니다. 그랬더
니 창밖에 눈이 조금씩 내리고 있었습니다.

아저씨는 점퍼 안쪽 주머니에 손을 넣어 스마트폰을
꺼냈습니다. 그리고 오른손 중지를 이용하여 쪽지에 적
힌 사이트 주소를 쳤습니다.

uchocolate.company

'닷컴이 아니라 닷컴퍼니? 이런 주소도 있나?'

아저씨는 웹 사이트 주소가 꽤나 특이하다고 생각했지
만, 엔터키를 치자 깔끔한 웹 사이트가 뜨는 것을 보고
의심을 지웠습니다.

메인페이지 중간에 알파벳 U 모양의 로고가 있었습니
다. 그 이미지 밑에는 '우주를 담은 초콜릿 상자'란 문구

가 있었고, 그 문구 아래에는 다음과 같이 가격이 적혀 있었습니다.

1,100,000원(부가세 포함)

'이거 정말 놀랄 노자군!'

아저씨는 자기 눈을 의심했습니다. 가격이 이렇게 비쌀 줄은 상상도 못 했던 것입니다.

'왜 이렇게 비싼지 이유나 알아보자!'

아저씨는 손가락으로 스마트폰 화면을 위쪽으로 밀었습니다. 가격 밑에는 다음과 같은 문구가 쓰여 있었습니다.

이 초콜릿은 세상에서 가장 비쌉니다. 하지만 이 상자에 들어 있는 선물에 비하면 이 가격은 공짜나 다름없습니다. 이 상자에는 어떤 선물이 들어있을까요? 놀라지 마십시오. 그 선물은 바로 우주입니다. 이 초콜릿 상자는 우주가 들어있는 가장 고귀한 선물입니다. 그리고 이 상자에는 우주의 주인이 되는 열쇠도 들어 있습니다. 이 초콜릿을 사면 당신은 자물쇠를 푸는 9가지 과제를 수행하면서 우주의 주인으로 다시 태어납니다. 우주의 주인이 된 당신은 모두가 부러워하는 경이로운 삶을 살게 될 것입니다.

'뭐야? 초콜릿 상자에 우주가 들어 있다고? 거, 정말 마법 같은 이야기로군!'

아저씨는 자기가 마치 판타지 영화 속에 들어와 있는 것 같았습니다. 그 영화 속에서 주인공이 되어 판타지 세계로 들어가는 입구를 발견한 기분이 들었습니다. 아저씨는 가슴이 뜨거워지는 것을 느꼈습니다.

'그래, 계속 가 보자!'

문구 아래에는 다음과 같이 세 개의 버튼이 나란히 있

었습니다.

[구매하기] [구매후기] [환불규정]

아저씨는 [구매 후기] 버튼을 눌렀습니다. 그러자 수십 개의 글이 있는 구매 후기 게시판이 드러났습니다.

아저씨는 위에 있는 최근의 후기부터 하나씩 아래로 읽어갔습니다.

가장 최근의 후기는 바로 어제 올라온 후기였습니다. 글쓴이는 어떤 대학생으로서 공부에 뜻이 없어 방황하다 본 초콜릿을 산 후 방황을 끝내고 자신의 길을 찾아 즐겁게 인생을 산다는 내용이었습니다.

두 번째 후기는 사람들과 사귀는 것을 두려워한 어떤 주부의 이야기였습니다. 초콜릿을 사고 나서 사회에 두려움이 없어지고 우주의 주인으로 하루하루 살아간다는 행복한 이야기가 담겨 있었습니다.

세 번째 후기는 사업을 하다가 크게 망한 어떤 아저씨의 이야기였습니다. 그 아저씨는 이 초콜릿을 산 후 우주의 주인이 되었고 다시 사업에 도전하여 재기에 성공했다는 이야기였습니다.

네 번째 후기는 가족을 부양하며 힘겹게 살던 어떤 가장의 이야기였습니다. 이 가장은 평범한 직장생활을 하면서 어렵게 가족을 부양하고 있었고, 여러 가지 가족 문제를 안고 있었습니다. 이 초콜릿을 사고 나서 생활에서 기쁨을 얻고 가족 문제에 대한 해법을 발견하여 지금은 너무나 만족한 생활을 하고 있다고 했습니다.

아저씨는 세 번째와 네 번째 후기를 쓴 사람이 자신의 현재 상황과 많이 닮았다고 생각했습니다. 그래서 세 번째와 네 번째 후기를 두 번씩 더 읽었습니다. 구매 후기가 진실이라면 자신에게도 마법 같은 일이 벌어질 것만 같았습니다.

아저씨는 다른 후기들도 더 읽어보았습니다. 구매 후기는 하나같이 초콜릿을 사서 우주의 주인이 되어 변화한 삶에 대한 이야기였습니다. 어떤 사람은 자신의 메일과 전화번호를 공개해 놓기도 했습니다.

아저씨는 점점 흥미로움으로 마음이 들떴습니다. 마지막으로 [환불규정] 버튼을 눌렀습니다. 그러자 다음의 문구가 나타났습니다.

○ 상자를 개봉하기 전에는 구매 후 10일 이내라면 언제든지 환불이 가능합니다. 이 경우 상품 환송에 필요한 경비를 고객님이 부담하셔야 합니다.

○ 상자를 개봉한 이후라도 다음의 조건이라면 구매 후 10일 내에 언제든 환불이 가능합니다. <첫 번째 과제를 수행하고 기본 질문에 답하고, 소감을 300자 이상으로 써주시는 분>

○ 10일이 지나더라도 다음의 조건이라면 20일 이내에 언제든 환불이 가능합니다. <첫 번째와 두 번째 과제를 수행하고 각각 기본 질문에 답하고, 소감을 각각 300자 이상으로 써 주시는 분>

○ 20일이 지나더라도 다음의 조건이라면 30일 이내에 언제든 환불

이 가능합니다. <첫 번째와 두 번째 그리고 세 번째 과제를 수행하고 각각 기본 질문에 답하고, 소감을 각각 300자 이상으로 써 주시는 분>

○ 구매 후 30일이 초과한 경우에는 환불이 불가합니다.

○ 과제에는 쵸콜릿 상자를 활용하는 방법과 우주의 주인이 되는 철학이 담겨 있습니다. 기본 질문은 과제를 수행하셨는지 확인하는 단순한 절차입니다.

○ 처음 제공되는 3개의 과제는 50~100페이지 분량의 책을 읽고 책 내용을 흡수하는 것입니다.

○ 3개의 과제를 무리 없이 수행하신 고객님께는 앞으로 1년 동안 주 가로 6개의 과제가 책이나 동영상으로 배달됩니다.

○ 유쵸콜릿은 당신의 인생 전체를 달콤하게 만드는 최고의 선물입니다.

아저씨는 환불 규정을 보고 더욱 흥미가 끓어올랐습니다.

'그래, 이것으로 내 삶에 마법 같은 변화를 만들어 보자!'

아저씨는 망설임 없이 [구매하기] 버튼을 터치했습
니다.

마법사가 되는 9가지 과제

1. 우주를 다 담은 상자의 표면적이 왜 0이 되는지 이
   유를 논리적으로 설명해 보시오.

2. 지구 위에서 가장 넓은 동그라미의 둘레가 왜 0이
   되는지 이유를 논리적으로 설명해 보시오.

3. 아기가 태어날 때 아무것도 손에 쥐지 않고 태어나
   는 것은 선물이 없기 때문일까요? 아니면 선물이 손
   에 쥘 수 없을 만큼 거대하기 때문일까요?

4. 당신이 왜 이미 세계 최고의 부자인지 확신을 갖고
   설명해 보시오.

5. 많이 가지는 것보다 모든 것을 가지는 것이 왜 훨씬

더 쉬운지 이유를 설명해 보시오.

6. 적게 가진 사람이 많이 가진 사람보다 왜 모든 것을 갖기가 더 쉬운지 이유를 설명해 보시오.

7. 모든 것을 가졌지만 그것을 누리고 활용하지 못하면 왜 없는 것과 같은지 이유를 설명해 보시오.

8. 왜 돈 한푼 없이 원하는 모든 사업을 할 수 있는지 그 이유를 설명해 보시오.

9. 왜 세상의 모든 사람과 기업이 당신을 돕기 위해 존재하는지 그 이유를 설명해 보시오.

저는 한동안 가지는 것에 집착했습니다. 이미 가지고 있는 것은 초라해 보였고 많이 가진 사람을 부러워했습니다. 저는 더 가지려고 노력했습니다.

하지만 운명은 제가 더 가지려고 노력할수록 더 잃게 만들었습니다. 가진 것을 모두 잃고 빚더미에 앉아 모든 것을 체념한 채 밤하늘을 올려다보았습니다. 그때 별들이 반짝이는 것을 보고 아름답다고 생각했습니다.

가지려고 노력할 때는 별들의 아름다움을 볼 수 없었습니다. 가지려고 노력할 때는 들꽃의 아름다움도 볼 수 없었고, 바람의 신비로운 향기도 맡을 수 없었습니다.

가지려는 것을 체념하니까 제가 이미 가진 것들이 보

이기 시작했습니다. 파란 하늘과 아름다운 자연, 활기차
게 일하는 사람들, 편리한 시설과 수많은 기업들. 이 모
든 것이 제가 이미 갖고 있는 것이었습니다.

저는 밤하늘을 보면서 제가 가지고 있는 것들을 상자
에 담는 상상을 해보았습니다. 지구 위를 계속 걸어가면
처음에는 멀어지다가 지구 반 바퀴를 돌면 다시 원래의
자리로 되돌아오는 것처럼, 상자도 많이 담을수록 처음
엔 표면적이 커지다가 우주의 절반을 담은 이후에는 표
면적이 다시 줄어든다는 것을 알았습니다. 마침내 우주
전체를 다 담으면 상자의 표면적은 0이 됩니다.

가장 작은 상자와 가장 거대한 상자가 하나인 것처럼
아무것도 없는 것은 모든 것을 가진 것과 똑같습니다.

이런 생각이 떠올랐을 때 그 황홀한 기분은 말로 표현
할 수 없었습니다.

가지고 있던 작은 것을 잃고 나서야 가장 거대한 것을
이미 갖고 있음을 알았습니다. 이미 가지고 있는 것들은

가지려고 했던 것과는 비교할 수 없을 정도로 거대했습니다. 이미 갖고 있는 것은 우주였습니다.

저는 인생을 바꾸는 깨달음을 얻었습니다. 그리고 온 마음을 다해 신이 주신 선물을 찬미했습니다.

감사합니다.

이 책을 완성하기까지 많은 분의 도움을 받았습니다. 소설 쓰는 중간 중간에 흥미롭게 읽어주시고 피드백해주신 친구, 지인 분들께 감사드립니다.

생활에서 이야기의 소재가 되고 아이디어를 제공해 준 저의 아내와 아들에게 고마움을 전합니다.

"그대들은 나의 우주에서 무엇과도 비교할 수 없는 가장 귀한 보물입니다."

마지막으로 저의 어머니께 전하고 싶습니다.

"우주를 선물로 주서서 감사합니다. 어머니는 저의 우주 안에서 늘 함께 계십니다."

— 스티븐 최

우주를 상자에 넣는다니, 과연 그게 무슨 의미일까 궁금
해하며 책을 들었습니다. 다른 아이들과는 생각하고 행
동하는 것이 조금 다른 우리의 주인공, 초등학교 3학년
인 저스틴과 저스틴의 선생님 해리, 그리고 저스틴의 아
버지 제임스. 그들 사이에 펼쳐지는 사건들을 쫓아가면
서 단숨에 읽어버렸습니다. 우리의 고정관념을 여지없이
깨주는 소설입니다. 그런데도 어려운 용어를 전혀 사용
하지 않고 초등학생이 읽어도 이해할 수 있을 정도로 쓰
여졌다는 것이 정말 놀랍습니다. 저스틴의 시선을 따라
가다 보면 누구나 우주에서 제일 큰 상자를 발견할 수 있
을 겁니다!

<독자 후기 2> 후랭이님

여기에 조금은 특별한, 아니 아주 특별한 초콜릿이 있다. 세상 어디에도 없는 정말 신기한 초콜릿이다. 이 미스터리한 초콜릿 상자는 우주를 담고 있다. 우주를 담고 있기 때문에 지금 우리의 삶을 180도 바꿔줄 방법이 담겨 있다. 이 책에선 어린아이의 눈으로 세상을 바라본다. 책을 읽을수록 내가 곧 아이가 되어버린다. 현실과 상상을 넘나들며 나의 고정관념을 흔들어 놓고 머릿속을 복잡하게 만든다. 무엇이 현실이고 무엇이 진짜인지 구분하기 힘들 정도로 독자를 헷갈리게 만든다. 일반적인 결말을 기대하는 독자라면 이 책에 나오는 저자의 통찰이 놀랍고 충격적일 수밖에 없다. 지금까지의 상식으로는 도저히 이해할 수 없는 마법 같은 이야기들이 펼쳐진다.

처음에는 어린아이의 천진난만하지만 허황된 믿음 같은 거 아닐까 하며 읽기 시작했던 거 같습니다. 세상에서 가장 큰 상자인데, 주먹 안에 쏙 들어간다니? 아이의 순수한 마음을 보여 주는 아기자기한 동화를 읽는 마음으로 시작했습니다. 페이지를 넘기면서 처음에는 저스틴을 특이한 아이로 생각했던 해리 선생님이 되었다가, 그 다음에는 해리 선생님을 나무라는 교장선생님이 되었다가, 마지막으로 아빠에게서 초콜릿 상자의 비밀을 전수 받는 저스틴이 되어 이야기를 따라가다 보니, 어느 순간 갑자기 시야가 확 넓어지며, 거대한 우주를 한 눈에 바라보고 있다는 느낌을 받았습니다. 마치 신이 된 것 같은 기분이 되더라구요.

상상 속에서 우주를 조망하는 것만으로도 이런 기분이

드는 것을 보니, 실제로 손에 만져지는 상자에 우주를 담고 다닌다면 더 큰 일들이 벌어질 수 있을 것 같습니다. 언제 어디서든 자신감과 당당함이 넘쳐흐른다는 말이 어떤 뜻인지 이해가 됩니다. 재미있고 예쁜 이야기로 새로운 시야를 보여주신 작가님께 감사드립니다.

주인공 저스틴이 마법의 초콜릿 상자를 가지고 학교에 왔다. 아주 작은 상자이지만 가장 큰, 또 우주가 들어있는 상자라 했다. 모든 사람이 믿질 않았다. 믿을 수가 없었다. 터무니없는 얘기였고 나도 그들과 같은 반응을 보였다. 하지만 저스틴과 저스틴의 아버지인 제임스가 이 엄청난 상자의 실체를 풀이할 땐 몸엔 소름이 돋고 있었다. 어느 순간 나도 그들과 같이 함께 우주여행을 하고 있었다. 그리고 망치로 머리를 한 대 얻어맞은 듯했다. 이 책은 독자들에게 두 가지를 선물한다. 첫 번째는 당당함이다. 삶에 대한 나의 두려움과 다른 이들의 시선에 대한 원망, 부끄러움 등 많은 감정 앞에 당당해진다. 두 번째는 에너지이다. 우주의 주인이 됨으로써 엄청난 에너지가 생기게 된다.

<독자 후기 5> 꿈꾸는 낭만고양이님

마법이 있다고 믿으십니까? 초콜릿 상자에 우주를 담는 마법, 백 퍼센트 불가능하다고 믿었던 일이 현실로 나타나는 마법을 알고 싶다면 꼭 읽어야 할 책. 읽는 내내 가슴을 마구 뛰게 만들었던 책. 마치 호그와트에 몰래 들어와 비밀의 마법 서적을 읽고 있는 기분이었다. 나에게 우주의 주인이 되는 법을 알려 준 천사 같은 책을 만나 너무나 감사하다.